아버지, 100년 인생을 어떻게 살아야 하나요?

— 대한민국 자녀들 묻고, 90세 아버지 답하다

★★★★★
아버지, 딸, 아들 편지 수록!

아버지,
100년 인생을 어떻게 살아야 하나요?

— 대한민국 자녀들 묻고, 90세 아버지 답하다

이시형 글 · 그림

특별한서재

서문_

기둥 없는 중년 세대에게 보내는 아버지의 편지

이 책은 중년 세대를 위한 아버지의 고언이라고 생각하면 좋겠네. 급변하는 이 시대를 어떻게 살아야 하는지, 90년을 산 나의 경험을 바탕으로 내 자녀들에게 꼭 알려주고 싶은 구체적인 실천 방법을 소상히 담았다네. 내 자녀는 물론이요, 아버지의 조언을 듣고 싶은 중년들에게 내 어설픈 조언을 담아보았어. 이 책을 읽는 것만으로도 인생 설계와 건강에 도움이 되길 바라는 욕심에서.

중년의 폭이 넓어져 대체로 40~70세까지 중년이라고 부르더군. 중년이 되면 인생에서 한 번도 경험하지 못한 큼직한 문제들이 나타나지. 가장 먼저 드는 생각은 '이제 나도 늙는구나'라는 깨달음일 것이야. 흰머리가 희끗희끗 보이기 시작하면 본격적으로 나이 듦을 체감하게 되고, 사회적으로는 정년이라는 큰 파도를 맞이하지.

젊었을 때는 건강에 대해 고민할 겨를도 없었을 거야. 하지만 40대를 지나 50대에 접어들면 미세하게 진행되던 건강상의 문제가 본격적인 질환으로 발전하고, 60대가 되면 병원 신세를 지게 되는 경우가 많아지지. 자네들은 오늘날의 한국을 만들어낸 영광스러운 세대야. 그러나 나이 50을 넘어서면 슬슬 그 영광의 자리에서 물러나야 할 때가 다가오지. 하지만 여전히 어깨는 무겁지? 그러나 자네들의 고충을 제대로 알아주는 사람도 많지 않아. 가족도, 사회도 마찬가지.

나는 이 책에 정년, 자녀의 진로, 주부들의 갱년기, 초고령 부모의 부양 등 인생에서 가장 큰 고비들을 어떻게 넘어야 할지에 대한 고민과 경험을 담아보았네. 나 역시 이 시기를 지나며 '그때 이렇게 했더라면 좋았을걸' 하고 후회한 적이 많아. 주변에서도 노년을 위한 준비 부족으로 어려움을 겪었다는 이야기를 많이 들었다네.

인생 선배로서, 사회정신과 의사로서, 그리고 아비로서 중년 세대에게 들려주고 싶은 것들을 다 써보았네. 인생의 전환점에서 무엇을 준비해야 하고, 어떻게 이 시기를 보내야 할지에 대해. 또한 가족과 사회, 그리고 나라 정책이 어떻게 변화해야 하는지도 함께 고민했다네.

중년을 맞은 자네들이 읽고, 미래를 준비하는 데 도움이 되었으면 좋겠네.

이제 편지를 시작해보겠네. 내 자녀가 삶을 지혜롭게 잘 살아가길 바라는 아버지의 마음으로 90년 인생을 통해 배우고 깨달은 것들을 하나하나 써보려 하네. 모든 아버지의 마음을 담아.

2025년 봄

이시형.

맨끝의 새가
멀리 난다

이시형

차례

2장. 늙는 것이 두려운 너에게

3장. 멋지게 나이 들기

제2부 ——— 진짜 공부는 이제부터 시작이네

제1부 아버지에게 묻다

1장

중년이 불안한 너에게

Q.
중년의 삶을
어떻게 살아야 할까요

인생이 참 길다는 걸 절실히 느끼고 있는 요즘이다. 인생은 길고 사회는 너무 빨리 변하지. 어떻게 살아야 할지, 어디에 물어봐야 할지, 막막하고 두려운 마음도 들 거야. 제일 큰 이유는 우리의 수명이 너무 갑자기 길어졌기 때문이고, 우리 사회가 너무 빨리 변한다는 데 있네. 가히 격변기의 연속이라네. 이제 우리나라 평균 연령이 어느덧 45.5세가 되었다는 통계청의 발표를 보았어. 사회 변동이나 가족 관계도 옛날의 프레임으로썬 도저히 이해하기 어렵지.

중년을 위한 책을 써야겠다고 마음을 먹은 건, 이 세대가 인생에서 가장 큰 전환점을 맞는 나이기 때문이라네. 개인적인, 혹은 사회적인 측면에서 참으로 엄청난 변화를 겪어야 하는 시기니까. 은퇴, 정년, 자신의 건강, 앞으로의 생활, 자녀들의 장래와 결혼, 주부의 갱년기, 노부모 봉양…. 어느 하나도 적응이 쉽지 않은 과제들을 헤쳐 나가야 하는 게 중간에 낀 이 세대의 현실이지.

아동기를 지나 법적으로 정의한 청소년기는 만 9~24세로 보고, 보통은 청년기는 18세에서 30대 중반, 그리고 중년이 빠르게 시작되어 40대 중반에서 75세까지로 대충 잡는다네. 노년기는 지금의 65세는 너무 빠르고 75세쯤에서 시작해야 한다는 게 많은 학자의 견해야. 대한노인회에서도 노인의 나이를 65세에서 매년 1년씩 올려 75세부터 노인으로 규정하자는 안을 내놓았더군. 그 이후를 대체로 노년기(고령기)로 본다네. 편의상 나이를 이렇게 나누고 이야기를 해보려 해. 워낙 평균 기대수명이 급격하게 증가함에 따라 가족 구조나 사회 영역에서 변화가 극심해 어느 연령대나 적응이 쉽지 않고 흔들리고 있는 게 요즘 현실인 것 같아.

인생에서 큰 변혁을 거쳐야 하는 나이는 40대 중반에서 60대까지라네. 그리고 전반기의 취업 세대와 후반기의 은퇴 세대와는 생활 전반에 엄청난 변화가 오지. 적응이 쉽지 않고 가장 힘든 혼란기를 겪어야만 한다네. '건강, 행복, 저출산, 고령화'는 엄청난 사회적, 개인적 문제가 동반돼. 그 폭풍의 중심에 선 세대가 바로 자네들, 중년들일세. 그래서 언론에선 중간에 낀 세대라고 부르기도 하더군. 언뜻 보기에 자네들은 대체로 조용해. 집단을 만들어 큰 요구를 한다거나 사회적으로 소요를 일으키지도 않아. 연령적으로 그만큼 성숙해서 사회 적응을 잘하는 편이지.

정치계에선 중진으로 활약하기 때문에 이들의 사회적 영향력은 크네. 나라의 운명을 좌우할 큰일도 자네들의 힘에서 나오지. 그간의 경력을 살려 조용하지만 큰 힘을 발휘하고 있어. 그러나 젊은 세대와 고령의 노객老客 사이에 조정 역할도 잘해야 나라가 편한 법. 중년들은 나라의 중추요, 기둥이지. 자네들이 흔들리면 나라가 흔들린다는 걸 기억하게.

겉으론 일견 조용한 듯하지만, 자네들의 사회적 입지는 절대 만만하지 않아. 나는 자네들의 고충을 하나하나 살펴보려 하네. 그리고 쑥스럽지만 내 가족사도 함께 이야기하면서 젊은 세대가 어떻게 인생을 살아야 할 것인가도 고민해보려 한다네.

Q.
인생 반을 살고 보니,
더 올라가야 할지, 내려가야 할지 모르겠습니다

인생 100년이면 딱 반을 산 나이. 산행으로 말하면 정상에 섰다는 의미지. 아마도 이런 마음일 거야.

아등바등 힘들게 올랐다. 숨도 가쁘고, 다리가 천근 같다. 그래도 쉼 없이 오른다. 산허리 어디쯤이라도 물 좋고 공기 좋은 곳이면 거기 앉아 풍광을 즐기다 내려오면 되는데 산꾼들은 어떻게든 높든 낮든 정상에 올라야 직성이 풀린다네. 알프스 그 높은 산도 기어이 정상을 올라야 하네. 많은 희생자가 나왔어. 정상의 그 환희의 순간을 위해 너무도 값진 희생을 치러야 하네. 그래도 정상이라는 목표를 성취하겠다는 뚜렷한 보람을 위해 그 힘든 과정을 인내로 버틴다네. 어느 산이든 정상으로 향하는 길은 쉽지 않아. 쉽지 않으니 기어이 올라야 한다는 오기가 발동하는지도 모른다네. 아! 이윽고 정상. 후유- 긴 숨을 내쉬며 정상에의 감동을 맛보고 기분 좋은 휴식을 취하기도 하네. 해냈다는 자부심도 발동하지. 하지만 정상에의 감동은 오래가지 않아. 이젠 하산이야. 내려가야 한다. 힘들게 올라온 산에서 내려간다는 게 어쩐지 서운하기도 하지.

그러나 등산은 지금부터라는 걸 기억하게. 사고도 하산 길에서 더 많다는 걸. 하산이 등산보다 어렵다는 것이 베테랑들 이야기야. 더 조심해야 한다는 것.

등산 여정을 살펴보노라면 우리 인생 주기와 닮은 데가 많아. 50세까지는 땀을 뻘뻘 흘리며 가쁜 숨을 쉬며 달려오지. 그러나 젊음에 들끓던 열정도 식고 몸도 옛날 같지 않지. 피로도 쉽게 오고. 막연히 늙는다는 생각이 언뜻 날 때가 있을 거야. 그리고 실제로도 늙는다네. 늙음은 이렇게 슬금슬금 찾아온다네. 이제 내 인생도 정상을 지난 느낌이 들고, 은퇴도 멀지 않았고, 이미 끝난 사람도 있지.

예전엔 하산기가 짧았지. 길어야 환갑까지. 수명이 길어진 지금은 다행인지 불행인지 등산기보다 더 힘들고 지겨운 하산 길이 기다리고 있어. 하산 길은 맥이 빠지지. 다리 힘도 빠지고 모든 게 내리막이야. 인생 여정도 이와 다르지 않아. 노쇠 되어가는 심신이 확실히 느껴지기에, 늙기를 거부하고 싶어지지. 항노화란 말도 그래서 생겼을 것이야. 등산기의 들끓는 열정이 그립고, 이런 게 나이를 먹는다는 것이구나… 한숨이 나오기도 하지. 고령을 반기는 사람들은 없어. 피하고 싶은 함정이지. 하지만 잘 생각해보게. 하산 길에 오히려 발아래 경치도 멀리 내려다볼 수 있고 시야도 넓어진다네. 육체는 힘이 빠지지만, 정신은 더 성숙해졌다는 걸 기억하게.

세계 역사에도 한창 나라 세가 뻗어날 땐 약탈과 전쟁뿐이지. 그러나 힘이 빠지고 국력이 약해질 때 비로소 문화가 성숙해지네. 이게 세계 강국의 흥망사라네. 우리 인생도 마찬가지. 정상을 향한 등산기에는 전투, 정복에 숨이 차네. 주위를 둘러볼 여유도 없지. 문화란 게 생겨날 여유도 틈도 없고. 그러나 내리막 하산 길에 오히려 정신적 여유도 생기고 노숙한 지혜도 생기는 법.

지금 우리나라 형편은 경제적으로는 저성장, 문화적으로는 고성숙 하고 있는 시점이지. K-POP은 이미 세계 시장을 흔들고 있네. 이제 노벨 문학상까지 받았으니. 하산기의 문화적 성숙기, 중년은 그 문턱에 들어선 것이야. 삶의 진가는 지금부터라네.

Q.

50대가 되고 보니 무거운 고민이 너무 많아 잠이 안 옵니다

누구나 50대가 되면 여러 가지 생각이 많아진다네. 실은 40대 후반부터 시작돼. 지나온 자기 생애를 되돌아보고 앞으로 어떻게 어디를 향해 나갈 것인지, 참으로 많은 생각이 머리를 어지럽히지. 50대는 인생의 반을 살아왔다는 이야기. '후회 없이 살아왔다. 잘 살아왔다. 그리고 앞으로 생활도 훤하다. 탄탄대로를 활기차게 걸어가는 내 모습이 선히 보인다.' 50대에 이런 생각이 든다면 당신은 참 멋진 인생을 잘 살아왔다는 긍지에 넘쳐도 되네. 그러나 이렇게 자신감 넘치는 사람은 드물지.

50대는 인생의 큰일들이 벌어지는 시기라네. 당장 정년이 코앞이지. 인생에 많은 일들을 겪게 되지만 정년 퇴임만큼 큰 충격적인 변화는 없다네. 정년의 파도는 험하고 거칠다네. 망망대해 작은 배에 홀로 떠 있는 기분이지. 정년을 별다른 충격 없이 무사히 보냈다면 인생에 그보다 더한 축복은 없어.

앞으로 이 넓은 대양을 어떻게 항해해야 할 것인지 생각할수록 앞이 캄캄할 것일세. 인생 100년이면 이제 딱 반半을 살아온 셈, 이제 전반전의 결산을 해보게 되네. 그러나 겨우 익숙해지니 떠나야 한다는 말을 많이 하지. 정년은 직장인에겐 큰 충격이 분명하네. 바쁘게만 산 사람이 퇴임 후에는 집에서 무엇을 할 것인가. 정년 퇴임이 사회적 죽음이라는 건 과장이 아닌 현실이라네.

그뿐만이 아니지. 정신적인 혼란이 가라앉기도 전에 건강에 여러 가지 문제가 본격화되는 시기라네. 그간 몸이 이상 신호를 계속 보냈는데도 불구하고 한창 일에 쫓겨 무시하고 지내왔을 거야. 40대에 싹이 트기 시작한 질병이 본격화된다네. 이젠 무시할 수도 없는 질병의 시대가 막을 열지. 그 무서운 암도 등장하고. 이건 퇴직만큼이나 큰 충격일 거야. 이것만이 아니지. 혈압, 당뇨, 고지혈증…. 이런 불청객이 슬금슬금 나타나기 시작하네. 그리고 이때부터 늙는다는 의식이 튀어나온다네. 흰머리가 희끗거리면 아주 결정타지.

가장 충격적인 사건은 이 세 가지라네. 정년, 질병, 노화. 여기서 끝나는 게 아니지. 자녀들의 문제가 남아 있어. 대학을 졸업해도 취업할 생각이 없네. 부모 형편은 아랑곳없이 석사, 박사까지 마쳐야겠다는 것. 한술 더 떠서 외국 유학까지. 자식들의 공부에 관해서는 모든 걸 희생하고도 뒷돈을 대줘야 하는 게 한국의 전통이다 보니 부담이 클 수밖에. 선진국에선 어림없는 이야기지. 미국은 고등학교만 졸업하면 부모 곁을 떠나는데…. 취업이든 진학이든 자기 소관이고 자기 능력이야.

그리고 자녀들의 결혼. 이것도 걱정이네. 해도 걱정, 안 해도 걱정. 이제 독립된 어른으로 생활하겠다고 선언하는 게 결혼인데, 한국의 결혼 풍속은 참으로 기형적인 부분이 많지. 그래도 부모가 모든 책임을 떠안고 사는 집까지 마련해야 하는 기형적인 전통은 많이 사라진 거 같아 다행이야. 남의 호주머니까지 부조라는 이름으로 넘보는 전통은 여전히 남아 있고. 참으로 치사한 것이 한국의 결혼 풍경이란 생각도 들어.

게다가 여성은 갱년기라는 큰 신체적, 정신적 파도를 넘어야 하는, 일생에서 아주 예민한 시기지. 8090 노부모를 어떻게 케어해야 할지도 큰 짐이고. 그야말로 자네들은 '낀 세대'지. 아래, 위, 모든 문제가 어깨에 달려 있으니. 큰 것만 몇 가지 나열

했지만 지금 닥치고 있는 파도는 문제가 아니야. 앞으로의 후반전, 어떻게 대처할 것인가. 100년 인생의 후반전이 기다리고 있다네.

Q.
60세가 되면 안정될 줄 알았는데…
여전히 방황하고 있습니다

앞에서 이야기한 문제들이 순탄하게 잘 풀린다고 해서 인생이 끝나는 것은 아니야. 장수 시대라는 복병이 우리 앞에 나타난다네.

어느 부지런한 가장의 이야기를 들려줄게. 그는 정년 퇴임식을 끝내고 만취가 된 상태에서 잠들더니 다음 날 아침 여느 때처럼 일찍 일어나 출근 준비를 하는 거야. 아니, 퇴임을 한 당신이? 부인이 말려도 막무가내. 드디어 횡설수설, 가족들이 깜짝 놀라 정신과 응급실로 모셔왔어. 전형적인 '은퇴 증후군'이었지. 며칠 푹 자고 일어나더니 평소의 자신으로 돌아왔어. 하지만 그의 숨겨진 우울증이 그의 발목을 잡고 있었어. 정년 일정은 이미 회사 규정대로 정해져 있지만 그의 내심은 전혀 준비가 되어 있지 않았던 거야. 직장에 안 가고 무엇을 할 것인가. 당장 일어나 갈 곳이 없으니 참으로 막막하고…. 전형적인 '은퇴 증후군' 환자였지.

물론 은퇴를 한다고 다 이렇게 되는 것은 아니네. 50대 초반에 시작된 정년 전쟁이 세컨드 잡2nd Job을 얻어 취업을 못 하면 이런 증후군은 누구에게나 올 수 있어. 다만 표현을 안 할 뿐. 하지만 옛날의 낡은 명함을 들고 여기저기 기웃거려야 한다는 게 자존심도 상하고 가족들 보기에도 영 창피하지. 그의 우울증은 어쩌면 지극히 당연한 결과였어. 어쩌다 오라는 곳은 차마 자존심이 상해 갈 수가 없고. '내가 옛날에 누군데!' 이런 어정쩡한 상태가 우리 한국의 중년 세대의 고민이요 갈등이지. 백 년 인생, 이제 겨우 반을 살았는데.

그들의 젊은 날은 반짝이는 별이었어. 산업사회가 착착 진행되고 새로운 일자리가 넘쳐 '입도선매立稻先賣'라는 즐거운 비명을 질렀던 시대였지. 대학을 졸업하기도 전에 취업이 되고 어디로 갈까, 행복한 고민을 해야 했던 우리 5천 년 역사에 처음 보는 행복 세대였으니까. 대단한 긍지와 자부심으로 넘쳤지. 일자리를 찾아 여기저기 기웃거려야 된다는 것은 상상도 할 수 없

었을 거야. 국민연금 제도가 시작되었고 퇴직금도 처음으로 넉넉하게 타게 된 세대이고. 해서 정년 퇴임은 이들에게 처음 당해보는 충격일 수밖에. 정신적으로 전혀 준비가 안 된 상태라는 게 문제라네. 이제 와서 준비한다는 게 쉬운 일이 아니지. 그 심정이 오죽할까.

한 사람 이야기를 더 들려줄게. 김 씨는 규모는 작아도 아주 착실한 기업의 임원이었어. 베트남과 교역도 하는 중견기업이었지. 그는 입사 후 베트남어 공부를 열심히 했어. 베트남에서 손님이 오면 회사에선 김 씨를 찾았어. 김 씨는 해외 손님이 오면 만찬으로 끝내는 게 아니라, 집으로 초대해서 친분을 쌓는 등 정말 진심으로 일했다네. 회사에서 꼭 필요한 사람이 되었지. 덕분에 임원으로 승진은 했지만 그에게도 정년은 예외가 아니었지. 이걸 알게 된 베트남에서는 제발 은퇴하거든 우리 회사로 오라고 했어. 결국 그는 지금 베트남뿐만 아니라 한국의 다른 상사와의 교역도 중개하는 등 바쁜 일정을 보내고 있다네.

내가 김 씨 이야기를 쓴 이유를 기억하게나. 정년 퇴임 후 계획은 현역에 있을 때 튼튼이 준비해야 한다네. 정년이 두려운 게 아니라 새로운 일터에서 새로운 도전을 하는 정년이 기다려지게 되어야 하네. 우리는 무슨 문제든 미리 대비하는 것에 소홀하지. 건강도 예방이라는 개념이 부족하고. 더구나 이 중대한 인생사, 잘 달리는 차를 멈추고 지금부터 전혀 새로운 인생을 살아야 하는데 아무런 준비가 없다니. '설마 내가' 하는 낙관론은 금물일세. 이런 생각이 결정적 패착이 된다네.

Q.
경제적으로 풍족하지 못해,
가족에게 미안합니다

자네들은 가족에게 가히 신적인 존재였어. 가족이 손만 벌리면 무엇이든 척척 해주려고 애쓰느라 고생 많았네. 무능한 부모라는 딱지가 붙을까 봐, 마술 상자 같은 존재가 되려 정말 애썼네.

형편이 어려워도 어떻게든 가족이 원하는 것을 마련해주려고 무리할 수밖에 없었을 테지. 속은 끓지만 한마디 말도 할 수 없는 게 한국의 가난한 가장의 입장이지. 난 그래서 언젠가 문인화를 그리면서 '애비는 울 데도 없는 딱한 사람이다.'라는 그림을 그린 적이 있는데 전시회에서 아주 인기리에 팔려나가더군. 그렇게나마 아버지 속을 알아줬으면 하는 가장의 애달픈 호소가 담겨 있는 그림이었어. 나는 자네들의 가족에게 하고 싶은 말이 있네.

부모는 만능이 아니라네. "나와라 뚝딱." 하면 돈이 줄줄 쏟아지는 마술 기계가 아니지. 직장에 다니는 것만으로도 벅차네. 자존심 상하는 일도 아비라는 이름으로 참고 견디지. 땀과 눈물에 젖은 월급을 받아 오고 있는 거라네. 아버지는 자식에게 가난을 물려주고 싶지 않다네. 나의 자존심은 버려도 가족의 자존심은 끝내 지켜주고 싶지. 그런 가장의 심경을 잘 헤아려주길 바라네. 그리고 잊지 말게. 아버지도 인생의 반밖에 살지 않은 젊은 사람이라는 걸. 100년 여정이 기다리고 있다네. 그 준비를 지금부터 잘할 수 있도록 자식들의 지지가 필요하네. 내 아버지는 가족들의 절대적 성원이 필요한 나이라는 걸 기억해주시게.

기왕 나왔으니 꼰대 이야기 하나만 더 보태네. 요즘 젊은이가 '아낀다'는 개념이 없을까 봐 걱정이라네. 막 쓸까 봐. 아버지 돈은 공짜니까. 그리고 부자니까. 경로당에서 '요즘 젊음이'라고 말하는 이야기도 한 번쯤 귀 기울여 들어보게.

애비는 울데도 없는
딱한 사람이라

Q.
대학 졸업한 자녀들이 독립을 안 합니다

'다 컸는데 안 나가요.' 어느 신문 기사의 제목일세. 대학까지 졸업했는데 취업은커녕 그냥 집에서 빈둥거리는 자녀들이 많다네. 한 해, 두 해 설마 나가겠지 하고 눈치만 보는 부모 입장에선 애가 타지. 앞에서도 이야기했지만 미국에선 고등학교만 졸업하면 일단 집을 떠나지. 대학에 가든 취업을 하든 말이야. 한국은 졸업하고도 부모와 함께 살아. 캥거루족이라는 애칭도 얻었지. 이건 한 개인이나 한 가정의 문제가 아니라 사회적, 국가적 문제라네. 결혼도 안 하니 저출산까지 심각한 사회 문제가 되지.

지난 2023년 통계청 발표에 의하면 20~49세 수도권 미혼 남녀 열 명 중 여섯은 부모와 동거 중이고, 30대도 절반이 넘는 50.1%가 아직 부모와 동거 중이라더군. 40대도 미혼 남녀가 40.9%나 되고. 이건 망국의 징조가 아닐까. 이런 추세가 계속된다면 이 나라 장래가 어떻게 될까.

비슷한 이야기는 우리 집에서도 일어났다네. 아들 녀석이 대학을 졸업하고 작은 무역상사에 취업했을 때야. "너도 이젠 하숙비를 내야지 않겠니?" 녀석이 선뜻 그러겠다고 대답하더군. 월 20만 원 정도를 내겠다고 액수까지 정했지. 얼마 후 아내에게 하숙비는 받았느냐 물었더니 "아니, 웬 하숙비를 받아요?" 하더군. 어미 마음이 그렇지. 아들 녀석에게 해명을 요구했네. "아버지, 하숙비 계산이 잘못되었어요. 제가 집에서 하는 일을 계산해보세요. 급할 때 아버지 차 운전해드리죠, 전자기기 고장이 나면 다 고치죠, 그리고 보안이 든든합니다. 집에 이런 건장한 청년이 있는데 도둑이 들어오겠어요?" 녀석의 설명을 듣고 보니 그렇긴 하더군. '그래, 좋다.' 결국 녀석은 공짜 하숙을 잘 하고 떠났지.

장수 1세대인 내가 태어날 때와 녀석이 태어날 땐 사정이 달라. 완전히 다른 나라야. 녀석은 운 좋게 부자나라에 태어났고, 자본주의 사회라 계산법도 내 세대와는 아주 다르다네. 우리 집 이야기가 길어졌지만 나이가 들어서도 캥거루족으로 지낸다는 것은 분명 문제라네.

취업이 안 되고, 높은 주거비와 생활비가 이들의 발목을 잡고 있다는 것도 잘 알지만, 언제까지 캥거루족으로 살 순 없지. 이 문제는 사회경제적으로 접근해야 하고 정부에서도 현실적인 정책을 내놓아야 해. 하지만 뭐니 해도 자기 책임이요, 결정이라는 걸 잊지 말게. 취업 준비 중, 독립 준비 중에도 생산적인 일을 무엇이라도 하고 부모에게 모든 짐을 떠맡겨선 안 된다는 걸 부모가 꼭 가르쳐야 하네.

Q.
후반전 인생 준비를
어떻게 해야 할지 막막합니다

인생길은 누구나 오르막 내리막을 반복한다네. 인생 전반전 평가를 잘하고 정년 후 앞으로의 인생 계획을 잘 세워야 한다는 말은 거듭 강조할 수밖에 없는 말. 누구나 겪게 되는 정년. 그리고 앞으로 100년 인생. 그냥 어물쩍 적당히 넘길 생각은 말아야 하네. 이 정도는 상식으로 누구나 잘 알고 있을 것이야. 그러나 막상 정년이 되면 상당한 방황과 혼란을 겪어야 하지.

그러나 후반전이 있다는 것이 얼마나 다행인가. 전반전 스코어가 형편없이 나왔다면 이를 잘 분석, 평가하여 후반전 준비를 잘해 만회할 기회가 있다는 것이 얼마나 고맙고 다행할 일인가. 성공적인 인생은 단판에 모든 것이 결정되는 것이 아니라네. 잊지 말게. 100년 인생에 후반전이 있다는 것을! 모든 운동 시합에도 최후의 승자가 승자야. 전반전이 아무리 화려했어도 후반전이 시원찮으면 인생 실격이야. 인생은 직선적이거나 단선적인 행로가 아니야. 누구나 오르막 내리막을 반복한다네.

초등학교 때 동창 이야기야. 착하고 공부를 잘한 친구는 학교 급사로 취직되어 모두의 찬사를 받았지. 당시에는 대단한 자리였어. 약간 건달기가 있는 친구는 아버지 덕으로 금융회사 급사로 취직했다네.

세월이 흘러 동창회가 열린 날, 학교 급사는 지금도 그대로였어. 미리 와서 의자를 옮기는 등 회의장 준비에 땀을 흘리고 있던 반면 금융회사 친구는 용케 야간 학교에 다니면서 진급해 지금은 지점장이 되어 자가용을 타고 동창회에 나타났지. 와! 친구들의 찬사가 쏟아졌어. 하지만 누구도 지금의 상태를 인생의 전부로 판단할 순 없네. 학교 급사는 조상으로부터 물려받은 땅이 개발 지구가 되면서 엄청난 부자가 되었어. 금융회사 친구는 직원의 실수에 책임을 지고 사직, 지금은 등산이나 하는 실업자 신세야. 두 친구의 상황이 역전되었다네.

그리고 또 얼마 후 학교 급사 친구는 조상으로부터 물려받은 산비탈이 대학 부지로 개발되면서 갑부가 되었어. 그래서 일을 그만두고 과음에 흥청망청 돈을 쓰다 통풍과 당뇨를 얻어 응급 입원을 했고 금융회사 친구는 사직 후에 등산하는 덕에 건강 만점, 둘의 상태는 다시 역전되었지. 그래도 끝이 아니야. 또 어떤 사태가 벌어질지 아무도 모른다네.

실패니, 성공이니 누구나 인생 평가를 그렇게 단순하게 해선 안 된다네. 무엇이 성공이고 무엇이 실패인가. 기준이 대단히 복잡하고 다양하지. 두 사람의 인생을 바라보면서 나는 이런 생각을 깊이 하게 되었어. 또 앞으로 어떤 사태가 벌어질지 아무도 모르는 법. 오늘 당장 교통사고로 반신불수가 될지, 혹은 영안실로 바로 가는 신세가 될지 누가 알까? 이야길 하다 보니 모진 말이 나와버렸지만, 냉정히 생각하면 우리 인생살이가 사실 그러하다네. 그러나 이런 예외적인 이야기가 아니더라도 인생살이 자체가 오르내리는 기복의 연속이지.

전반전이 시원찮았다면 후반전에 이기면 된다네. 그게 인생 여정이요, 인생을 사는 묘미가 아닐까. 내리막이든 오르막이든 어느 순간이든 최선을 다하고 다음의 행보를 위해 철저히 준비하면 된다네. 실패학이라는 학문도 있고 삼성엔 실패 공청회란 것도 있었다네. 왜 실패했는지 잘 분석한 사람에게 시상까지 하는 제도야. 삼성의 오늘이 있게 한 바탕이 여기 있네. 옆에서 지켜본 나의 감탄사라네.

Q.
90세까지 현역으로 사시는 모습이
부럽습니다. 비결이 뭔가요?

내 개인적인 이야기가 쑥스럽긴 하지만, 나는 억세게 재수 좋은 놈이라네. 내 칼럼이나 본서에서도 이 말을 자주 했지만 우선 90대인 내가 지금껏 살아 있다는 그것만으로도 행운이야. 그리고 난 아직 할 일이 많고 내가 필요한 곳이 많다는 것도 행운 아닌가. 인류사회 복지를 위한 건강 프로그램을 운영한다는 것. 지금도 현역 못지않게 바쁜 하루를 보내고 있다는 것. 그리고 그런 일과를 다 소화할 수 있는 내 건강까지. 생각할수록 고마운 일이지. 별 배경도 실력도 없는 놈이 어떻게 그럴 수 있느냐고 묻는다면 재수 있는 놈이라고밖에 할 말이 없다네. 보통 재수는 아니고 왕 재수지. 정말이지 이건 대박이야.

그러곤 가끔 생각한다네. 도대체 이 재수는 어디서 오는 걸까. 난 독실한 종교인도 아니어서 초인적인 어떤 힘이 축복을 내려준 것 같지도 않아. 그렇다면 내가 하고 돌아다니는 짓거리가 재수를 만들어준 게 아닐까, 하는 생각을 더러 한다네.

내 전공이 사회정신의학이라 난 오래전부터 5년마다 우리 한국 사회에 가장 필요한 것, 그리고 내가 할 수 있는 일이 뭘까를 생각한다네. 그게 정해지면 내 모든 것을 여기에 집중하지. 강연 주제부터 칼럼까지 내가 할 수 있는 모든 역량을 다 발휘한다네. 2025년부터의 내 과제는 '건강, 행복, 저출산, 고령사회.' 그러나 이건 어느 하나 따로 다룰 것이 아니고 하나로 엮이는 공통의 과제라네. 이러길 몇 해 계속하다 보니 자연스레 그 분야 전문가인 양 행세를 하게 되고 또 사람들이 그렇게 기대하게 되었지.

나는 현역에 있을 때부터 인공화합물에 대한 저항감이 아주 강했어. 어쩔 수 없이 써야 하는 경우도 있지만 내 처방은 대단히 인색하지. 나의 자연 의학에 관한 관심은 여기서 출발한다네. 그간 한의학 공부를 하고 한의사 동료들과 함께 임상에서 공동 저술까지, 급기야 통합의학 공부를 하게 된 배경도 마찬가지야. 종합병원에서 환자를 진료하면서도 언제나 내 머리에는 자연 의학이 주제였다네. 난 이 과제를 위해 뭐든지 할 각오가 되어 있어. 모두가 힘을 합쳐 함께해야 한다는 강력한 메시지를 전달하기 위해 직접적인 호소를 하게 되었지. 혼자는 어렵지만, 함께라면 무엇이든 할 수 있다네.

Q.
70대를 대비해선
무엇을 준비해야 하나요?

70대에 준비할 것은 '사람'이라네. 이런 기사를 읽는 적이 있어.

① 1인 가구 중, 갑자기 도움이 필요할 때 연락할 수 있는 대상이 없다.
- 56.6%
지난 9월 11일 서울시 여성가족재단이 발간한 1인 가족에 대한 사회적 관계 현황에서 조사한 내용이다. 이뿐만 아니다.
② 몸이 아플 때 집안일을 부탁할 사람이 없다. - 53.2%
③ 낙심하거나 우울할 때 이야기할 상대가 없다. - 34%
사고 등 긴급 상황이나 재해가 발생한 경우 연락할 사람이 없다. - 38.9%
④ 외부와 가장 단절이 심한 계층은 중년 남성 1인 가구다.

⑤ 그래도 앞으로 혼자 살고 싶다. - 57.1%

다음은 통계청 발표라네.

늘어나는 전체 가구 중 1인 가구 비율

괄호 안은 65세 이상 고령층 비율 단위: %

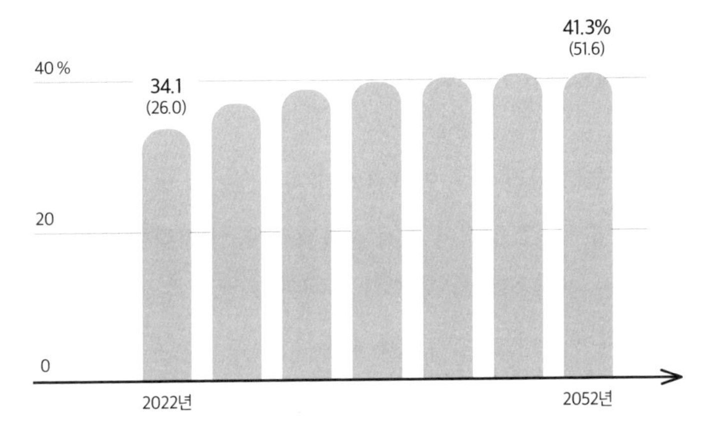

이는 우리 사회가 부부와 자녀 둘이 함께 사는 4인 가구에서 홀로 사는 1인 가구 중심으로 변화하는 속도가 빨라진 영향이다. 2년 전 추계 당시 통계청은 2022년 기준 1인 가구 수를 717만8000가구로 예상했지만, 이번 추계에서 공개된 2022년 1인 가구 수는 736만9000가구로 20만 명 더 많았다.

이 표를 보면서 난 한참 넋을 잃었다네. 더 큰 문제는 이런 현상이 10년, 20년 후에는 급격하게 증가한다는 사실이야. 내가 70대에 준비해야 할 것을 '사람'이라고 말한 이유를 자네들도 공감해주리라 믿네. 보도는 '1인 가구 폭증세'라는 특집 기사로 연재되었던 것이야.

고령이 되면 장수, 특히 건강 수명, 적정한 경제력, 생애 현역으로 뛸 수 있는 일터. 그리고 가장 중요한 것이 인간관계란 사실을 나는 기회 있을 때마다 떠들었어. 그러나 막상 구체적인 자료를 눈으로 확인한 순간 다시금 좋은 인간관계가 얼마나 절실한 과제인가를 확인했다네.

앞으로는 이런 좋은 인간관계가 자연스럽게 만들어질 수 있는 곳을 명소라고 불러야 옳지 않을까. 부동산 가격이 오를 곳으로 이사할 것이 아니라, 좋은 인간관계를 맺을 수 있는 곳으로 이사를 해야 한다는 걸 기억하시게.

Q.
80대 부모님을 보면서 저의 미래도 걱정됩니다

80대 인구 180만 명(3%), 90대 26만 명(0.5%).

위 인구 분포를 보시게. 장수 사회라지만 80대가 장수의 고비라네. 80대를 용케 지나 90대가 되면 갑자기 생존율이 뚝 떨어지지. 현재 우리에겐 80대가 고비라네. 여기를 잘 넘겨야 장수라 할 수 있지. 거기다 건강하고 여유 자금만 있다면 더 바랄 게 없고. 행복의 조건을 다 갖춘 셈이지.

그러고도 불행하다면 자네에겐 정신적으로 큰 문제가 있는 걸세. 80대가 되면 남의 일같이 생각되던 죽음이라는 그림자가 문득 어른거리기 시작한다네. 알 수 없는 불안감이 찾아오지. 그 전에 경험했던 불안과는 아주 다른 새롭고 이상한 체험이라네.

그럴 때마다 기분이 별로 좋지 않아. 이 불안은 해결책이 없네. 좀 두렵기도 하고…. 하지만 큰 걱정 말게. 물론 여기엔 개인차가 많겠지만 내가 만난 고령자들의 불안은 크게 걱정할 것도, 무서울 필요가 없는 것들이 대부분이었어.

많은 사람이 치매에 대한 공포를 갖고 있지. 어쩌다 깜빡하는 일이 생기면 '이게 혹시?' 덜컥 겁이 나지. 하지만 누구나 경험하는 고령의 신호일 뿐일세. 치매라고 다 심각한 문제도 아니고. 경증인 경우는 의사, 변호사 등 전문직도 수행할 수 있다네. 그러나 대부분 치매라면 인생이 끝난 것처럼 겁을 먹지. 그래서 의학계에선 요즘 인지증이라고 부른다네. 치매 진단을 받으려면 상당히 중증으로 진행되어 의사의 진단이 아니더라도 누가 봐도 알 수 있는 정도가 되어야 한다는 거야.

미국의 레이건 전 대통령은 대통령직을 1989년 1월 퇴임하고 1994년 알츠하이머 진단을 받아 2004년 사망했어. 조심스럽긴 하지만 인지증이 만성 질환임을 감안하면 재직 시에도 가볍게 인지증을 앓고 있었던 것이 아닌가 하는 일부 의사들의 의견을 전적으로 부인하진 못하게 된다네.

중증의 치매가 되면 아들 얼굴도 기억 못 하는 수도 있고 더러 성가신 일도 있지만 대체로 걱정도 없어서일까, 싱글벙글 웃는 얼굴일 때가 많아.

인간의 최후는 돌연사가 아닌 이상 천천히 온다네. 그리고 최후엔 정신도 없고 걷지도 못하는 시기가 오지. 이게 인간 최후의 자연스러운 모습이라네. 걱정하지 말게. 자네가 품고 있는 불안과 공포는 기우에 지나지 않는다네. 고령이 되면 의욕이 줄어들지. 이 역시 자연스러운 현상이야. 그래도 하고 싶은 일, 할 수 있는 일이 남아 있다네. 그걸 찾아 하는 것도 자연스러운 일이고. 마음먹은 대로 안 된다고 실망하거나 자책하지 말게. 귀찮기도 할 것이네. 하지만 지극히 자연스러운 인생 여정이라네.

사람들은 죽을 준비를 위해 저축을 많이 하네. 죽을 때 좀 편하게 죽겠다는 계산에서겠지. 하지만 저축하느라 너무 인색하게 굴지 말게. 죽을 때 며칠 간은 대개 무의식 상태가 된다는 것을 잊지 말게.

Q.
죽을 때가 다 되었다며…
무기력한 80대 부모님을 지켜보는 게 마음 아파요

늙은 지능, 나이 든 지혜를 이야기하려니 우리 고향 마을 뒷산에 지금도 있는 무명 무덤이 생각나네. 왕릉처럼 크거나 화려하진 않지만 '고려장'이라 불려 온 큰 무덤들이 여러 개 있지. 마을 사람 누구도 무덤의 유래를 정확히 이야기해주는 사람은 없지만 듣기로는 옛날 나이가 많아 쓸모가 없는 노인을 얼마간의 먹을 것과 함께 고려장에 모신다는 것이었어.

한 효자가 차마 아버지를 그렇게 모실 순 없고 뒷방에 숨겨 놓고 지냈지. 어느 날 나라님 선언문, '재로 새끼를 꼬아 오는 자에겐 후사함.' 상이 탐이 났지만, 누구도 재를 모아 새끼를 꼴 재주는 없었어. 효자가 아버지에게 여쭈니 간단했어. "새끼를 불에 태워라.” 그대로 나라님에게 알리니 대단히 현명하다, 어디서 그런 생각을 했느냐 하고 묻자, 아들이 이실직고했지. “그래, 참 슬기로운 노인이구나.”라며 크게 상을 내리고 밖으로 잘 모시도록 하게 했어. 고향 동네에 전해 내려오는 이야기야. 노인 문제는 그때부터 걱정거리였나 봐. 그리 오래 살지도 못했던 시절인데.

우리 젊은 시절엔 친구 부모 환갑 잔치에 꽤 불려 다녔지. 환갑만 지낼 수 있다면 참으로 '복노인'이었어. 이부자리, 베갯머리에도 온통 장수를 비는 글귀가 실려 있었지. 그 당시 우리 생각에는 인생 60년이 정설로 머리에 박혀 있었어. 글로 쓰자니 이런 생각이 나는 것이고 실제로 젊은 나이라 죽는다는 생각조차 못 했어. 그냥 “인생은 짧고 예술은 길다.”라고 멋으로 중얼거렸을 뿐이지. 노인 문제는 현대에 와서 더 복잡해졌어. 모든 세대에 충격으로 다가왔지.

입담 좋은 세무사 출신 친구의 이야기를 들려줄게. 시골 학교 운동회. 학부모 60m 경주에서 죽을힘을 다해 골인했는데 심판 왈, 아직 30m를 더 달려야 한다는 것이야. 한 걸음도 더 못 떼겠는데 이게 무슨 날벼락인가. 우리 인생이 꼭 이런 꼴 아닌가. 이렇게 오래 살 줄 누가 상상인들 했겠나. 처음부터 90년 살 것이라고 했으면 페이스 조절이라도 했을 텐데. 아마 현재 90대가 우리 역사상 처음으로 맞이하는 장수 1세대가 아닌가 싶어. 누구도 상상조차 할 수 없었던 일이지. 80대를 죽을힘을 다해 숨차게 달려왔어. 더 이상 뛸 힘도 없다네.

80 고개 넘기기가 옛날 환갑 잔치를 하던 복노인처럼 힘든 세월이라네. 연금은커녕 변변한 직장도 없는 참으로 힘든 세월을 살아온 장수 제1세대지. 이렇게 오래 산 사람을 본 적도 없으니 어떻게 살아야 하는지 앞이 캄캄해.

하지만 나는 80, 90세대를 만나면 지금까지 어쨌거나 살아남았다는 게 신기하고 고맙다네. 그래서 난 요즘 우리 또래 영감을 길에서 만나면 '여보, 노형. 용케 살아남았구려!' 어깨를 두들겨주고 싶다네. 부모님께 응원과 기운을 주시게.

Q.
나이 들수록
우물 안 개구리가 되어갑니다

1999년 우리 우방국인 튀르키예에 큰 지진이 일어났지. 그런데 나라에서 보낸 성금이 너무 인색하더군. 이럴 수가 있나. 튀르키예가 우리한테 어떤 나라인데. 흥분하고 있었는데 이희수 교수의 칼럼이 나의 흥분에 불을 질렀어. 미국 다음으로 많은 군대를 보내고 전사자 비율도 제일 높았던 그 고마운 나라에 아직 우리 대통령이 고맙단 인사도 안 했다는 것이야. 유럽 순방길, 튀르키예 상공을 날아가면서 흥분한 열혈 청년 몇이 모여 성금 모으기 범국민 운동을 벌이자고 합의했지. 응급이니 바로 다음 날 '튀르키예의 아픔을 함께하는 사람들' 발대식이 열렸어. 150여 명의 사회 각계 지도층이 모였고, 주역인 박찬숙, 손광운, 이희수가 내 연구실 기지로 모였지. 모금 캠페인이 성대하게 진행되었고 급한 대로 모인 성금이나 물품을 튀르키예로 보내고 정리를 마친 후 일행이 튀르키예를 위로 방문했다네.

지금부터 내 이야기야. 실은 이 이야기를 하려고 시작했어. 나는 그간 해외 학회에 가는 기회가 몇 차례 있었지. 학회는 대개 서구의 선진국 유명 도시에서 열린다네. 그걸 빌미로 나도 속으로 나름 국제화된 사람이라고 은근히 자부심을 품고 있었지.

그런데 이번 튀르키예 방문은 내겐 충격이었다네. 국제 감각? 나는 우물 안의 개구리였어. 이슬람 문화권은 처음이요, 잘 들어보지도 못했어. 너무나 부끄러웠다네. 이런 우물 안의 개구리가 뭘 안다고 학회 발표도 하고 논문도 쓰고…. 더구나 난 사회정신의학을 전공했으면서…. 참으로 창피했지. 고맙게도 문화인류학을 전공한 이희수 교수의 안내로 이슬람 문화권을 공부하게 된 것이 내겐 가장 큰 충격이요, 소득이었다네. 이 교수를 잘 구슬러서 세계 문화 기행을 하기로 결의를 다졌지.

우리 첫 번째 목적지는 남미였어. 한 살이라도 늙기 전에 멀리 떨어진 열악한 곳부터 가보자는 게 내 약은 계산이었다네. 교통편이 제대로 있질 않아 많은 고생을 했지. 그러나 참 값진 문화 기행이었다네. 남미 순방 후 간 곳은 동물의 왕국 케냐의 세

렝게티. 어떻게 이 문명 천지에 저런 원시 세계가 유지되고 있을까? 참으로 궁금했던 사연이 다 풀렸다네. 그곳 원주민 마사이족은 태양 아래 맨땅을 밟고 사는 생활 속에 우리가 앓고 있는 소위 생활습관병이 거의 없었다는 게 나에겐 깊은 연구 대상이 되었어. 이렇게 일 년에 두 번씩 전 세계 유명한 곳은 다 다닌 셈이지. 이젠 나도 국제화된 인사란 생각이 든다네.

이제 우리 무대는 전 세계야. 그리고 우주야. 90세인 나는 여전히 시야를 넓히고 있다네.

Q.
진정한 행복이란 무엇인가요?

행복의 순간은 참으로 짧다네. 그래서 더욱 귀해. 인간은 본능적으로 행복을 추구하지. 장수나 성공도 행복하지 않으면 무슨 의미가 있을까. 인생의 목적이라면 궁극적으로 행복의 추구에 있는 게 아닐까? 그런데도 당신은 행복합니까? 이 질문에 "예스."라고 확실하게 대답할 수 있는 사람은 그리 많지 않아. 물론 "예스."라고 답한다고 해서 인생이란 게 언제나 행복의 연속일 순 없어. 산전수전 온갖 시련을 겪어야 하는 게 인생 여정이라네. 살아 있는 한 언제나 행복하다는 것은 의학적으로 거의 불가능하다네. 실제로 어쩌다 찾아오는 행복의 순간은 참으로 짧아. 행복은 참 인색하지. 그렇기에 더욱 귀하다네.

뇌 과학에선 행복한 순간 우리 뇌에 세로토닌이 분비된다는 것이 증명되었어. 불행하게도 이 신경전달물질의 분비는 대단히 인색해. 일단 분비된 세로토닌도 통과 과정에서 원래 신경으로 되돌아가는 곳이 두 군데나 있어. 그만큼 귀중한 물질이어서 분비가 된다고 그것을 다 다음 신경으로 보내진 않고 재흡수하는 회로가 두 군데나 있는 거야.

세로토닌은 행복 물질로 알려졌지만 이 물질이 단독 분비로 행복이 이뤄지는 건 아니고 다른 긍정적이고 쾌락을 동반하는 물질이 함께 분비된다네. 옥시토신, 엔도르핀, 도파민, 성호르몬 등 쾌락 물질이 함께 분비됨으로써 행복 회로가 활성화되지.

내가 이 까다로운 이야기를 왜 하냐면 점점 미혼이 많아지기 때문이네. 종교적인 신념에서 금욕 생활을 하는 종교인이 아닌 이상 평생 미혼으로 지낸다는 것은 그들의 인생이 너무 아깝다네.

행복의 극치는 어떤 순간일까? 사랑하는 사람과의 성관계에서 둘이 동시에 오르가슴을 느끼는 순간이라네. 이보다 강력한 행복은 의학적으로 있을 수 없다네. 조물주는 늦어도 10대 중반에 행복의 극치를 느낄 수 있게 인류를 창조했어. 우리가 일상에 느끼는 많은 갈등과 스트레스, 만성피로 상태 등 우리 몸의 부정적인 반응은 사랑하는 사람과 사랑의 극치를 경험함으로써 해소된다네. 만족스러운 성생활은 인생의 진미를 느끼게 할 뿐 아니라 정신적 신체적 건강을 지켜주는 수호신 역할을 해주지. 한마디로 인생을 인생답게 해주는 것이 완전한 섹스라네. 우리 조상은 참으로 슬기로워서 우리 아버지는 15세, 엄마는 16세에 결혼했네. 당시는 모두가 조혼이었지.

이 귀중한 하늘이 내린 축복을 누리지 않고 미혼 상태로 지낸다는 것은 인생을 거역하는 일이 아닐까. 내가 동거를 권하는 것도 여기서 비롯된다네. 그러다 임신이 되면 그 이상의 축복이 어디 있겠나. 우리는 아직 비혼 출생에 대한 거부감이 많아. 전체 신생아 중 비혼 출생 비율이 지난 2분기에 놀랍게도 4.7%로 역대 최고치라고 하더군. 일본과 우리가 세계 최저의 비혼 출생률이야. 세계 평균 42%에 비하면 턱없는 수준이지.

이제 우리도 낡은 윤리관을 벗어날 때가 되었네. 결혼과 관계없이 아이를 낳을 수 있는 사회적 분위기 조성이 시급해. 브라질은 70%가 넘는다더군. 금슬 좋은 부부가 사별하면 재혼을 서둘러 한다는 이야기를 잘 생각해보게. 더구나 평생 미혼으로 지내겠다는 것은 인생 자체를 거부하는 것과 다르지 않다네. 성철

스님도 "젊은 여인의 육체만큼 유혹적인 게 하나 더 있다면 난 수도를 포기했을 것."이란 말씀을 남긴 것으로 전해진다네.

"네 인생을 불쌍하게 만들지 마라."

나의 간절한 호소일세.

Q.
싱글인 사람들은 노후를 어떻게 대비해야 할까요?

혼자 사는 가구가 폭발적으로 늘어나고 있고, 고령층이 그 현상을 주도하고 있다는 통계청 분석을 보았어. 고령화와 기대수명 연장으로 65세 이상 고령층 인구는 2022년 기준으로 193만 명이지만 앞으로 비약적으로 증가할 것으로 추정하더군. 미혼인 1인 가구 여성 비율이 2022년 26%였지만, 20년 후엔 30%를 넘을 것이라네. 사회 구조가 1인 가구 중심으로 빠르게 개편되니, 소비 행태나 산업 구조도 격동기를 맞게 되겠지. 앞으로 30년 후에는 5가구 중 1가구가 80대 이상 연령의 가구주가 될 것으로 전망하는 기사를 보았어. 베이비붐 세대가 80대 이상으로 진입하기 때문이지. 2024년 기준으로 한국은 세계에서 제일 빠른 속도로 초고령 사회로 진입하고 있네.

우리나라 노인 빈곤율이 OECD 가입국 중 가장 높고, 1인 가구는 필연적으로 독신이 많아. 15년 후면 남성 3명 중 1명, 여성 4명 중 1명이 생애 미혼의 삶에 들어간다니 이것은 정말 놀랄 일이 아닌가. 불행히 이런 증가 추세는 시간이 갈수록 더 심해진다는 것이 문제야. 고학력, 저성장, 가치관의 변화가 빚어낸 기현상이지. 초싱글 사회가 된다는 뜻이라네.

젊고, 아름답고, 좋은 직장에 다니고, 책임져야 할 가족도 없고, 풍부한 자원…. 이런 싱글들은 밤하늘 별처럼 아름답고 자유롭다네. 멋있게 사는 신중년도 많지. 하지만 50세가 고비야. 이 시점에서 언제까지 이런 생활이 가능할까를 생각해보아야 한다네. 독립된 자립 생활을 잘할 수 있다고들 하지만, 인간의 삶은 많은 사람의 지원이 필요하다네. 혼자가 좋다지만 그것도 잠시일 뿐, 중년을 지나 100세 인생을 혼자 산다는 건 만만치 않은 일이야. 그 시간이 너무 길고 무료하고 아깝다는 생각이 들어. 그리고 한국 사회는 아직도 한 시대를 앞서가는 신중년, 남녀가 쉽게 만날 수 있는 곳이 잘 없어. 내가 미국의 타운하우스 같은 구조를 생각하고 있는 이유기도 해.

문제는 젊은 세대일수록 비혼, 무자녀, 독거 문제가 더 많이 부각되고 있다는 점이야. 이러다가 한국인이라는 아이덴티티

마저 사라지는 게 아닌가 하는 걱정이 들어. 내 주변에도 싱글이 많다네. 왜 혼자냐고 물으면 확실한 대답이 안 나와. 겨우 하는 소리는 '어쩌다 보니 이렇게 되었다는 것'. 하지만 중년 싱글들에게 외로움과 노후는 두려운 주제라네. 이런 사람들은 스스로 결혼하지 않겠다는 소신파라 '비혼非婚'이라 부르더군. 지금이라도 좋은 사람을 만나면 결혼하겠다는 싱글도 적지 않아. 눈높이를 낮추라는 충고도 더러 듣게 되지만 자존심이 허락하지 않는 것도 있을 거야. 건강 면에서도 대단히 중요하다네. 실제로 혼자 사는 사람들의 삶이 규칙적이지 못한 경우가 많네. 특히 독신 남성인 경우, 이런 경향이 너무 강해서 수명이 14년이나 단축된다는 보고도 있다네. 외로움을 주제로 많은 연구 논문이 발표되고 있어.

만남의 목적이 무엇이든 신뢰를 바탕으로 인격적 소양을 갖춘 커플이 만난다는 것은 쉽지 않지. 우리 모두에게 남녀불문 100년 도반道伴이 필요하다네. 자연스럽고 편안하게 만나 함께 즐거운 시간을 갖는다는 건 인간에게 꼭 필요한 요건이야. 중년이 되면 싱글로 살 것인지, 누군가와 함께 살 것인지 깊이 고민해보길 바라네. 그리고 중년 남녀가 자연스럽게 만날 수 있는 곳을 민간에서도 물론 정책적으로도 개발해야 한다네.

2장

늙는 것이 두려운 너에게

Q.
늙는 게
너무 두려워요

내겐 잊을 수 없는 동료이자 친구인 일본의 곤노 유리 사장의 이야기야. 일본에서의 내 활동에 언제나 함께해주시고 주선해주시는 참 고맙고 잊을 수 없는 친구지. 일본에서 어린이를 위한 무료 상담을 온라인으로 하는 봉사단체를 이끄는 세계적 여성 명사라네. 그 바쁜 분이 나의 일이라면 발 벗고 도와줘.

내가 면역 공부를 위해 일본에 갔을 때 아보 도오루 교수와의 면담도 주선해주었지. 새벽 눈길을 기차로 달려 족히 두 시간이 걸렸어. 아보 교수와의 면담을 끝내고 곤노 사장과 나눈 짧은 대화는 참으로 인상적이었다네. 그는 나보다 두 살 아래야. 하지만 누가 봐도 60대 남짓으로 보여. 그날 대화 중에 내겐 참 잊을 수 없는 구절이 있었네.

"나이는 자신이 결정하는 거예요."
"나이가 몇 살이 되었으니 이렇게 해야 한다, 이렇게 하면 안 된다고들 합니다. 그러나 나이를 먹는다는 건 자연스러운 자연 현상이고 어떻게 살아야 하는지는 자신만의 자유의사로 결정하는 것인데 누가 이래라저래라 왈가왈부할 수 있을까요."

나는 전적으로 동감했네. 내가 대학 정년 퇴임식에 안 간 것도 그런 이유 때문이야. 법에서 정한 걸 어쩔 순 없지만, 위법이 아닌 이상 나이 때문에 해야 할 일을 안 한다는 것은 말이 안 되네. 내가 가진 게 얼마나 많은데. 실패와 실수의 아픈 경험을 통해 얻은 귀중한 보물이라네. 밤을 새우며 힘들게 공부한 게 얼마나 많은데, 불원천리하고 배우기 위해 그 힘든 여정을 기쁜 마음으로 소화해낸 실력이 내 머릿속에 차곡차곡 쌓여 있다네. 이걸 그대로 내 머릿속에서만 썩힌다는 것은 일종의 지적 범죄 행위야. 세상엔 나만이 알 수 있고 나만이 할 수 있는 일이 있다네. 싫든 좋든 평생 현역처럼 뛰지 않으면 안 되는 이유가 여기 있네.

나는 지금도 글을 쓰네. 그간 집필한 책이 그럭저럭 120권 이상 되는 것 같아. 누구에게도 도움이 안 될 수도 있어. 하지만 그것도 반면교사로 쓰면 유용하다네. 무엇을 얻든 못 얻든 그건 독자의 마음이야. 나는 지금도 강의가 많다네. 젊은 시절만큼 요청이 쇄도하진 않지만 심심찮게 불려 다니네. 어디서나 부르는 곳이 있으면 별다른 선약이 없는 한 난 기쁜 마음으로 달려가고, 강연이 끝나면 박수가 나오지. 예의로 하는 수도 있겠지만 대체로 상당히 공감해주는 분위기인 것 같아.

곤노 사장 이야기를 한다는 게 내 이야기가 되어버렸지만, 우리 둘은 서로 공감하는 것이 많아서 절로 그렇게 이야기가 흘러갔네. 곤노 사장은 가끔 한국에도 오는데 요즘은 뜸하구나. 코로나 이후 방문했을 때는 전화 상담 직원만 300명, 월급날 25일이 다가오면 '25일 병'을 앓는다고 하더군. 이 지면을 빌려 인사를 전해야겠어.

"곤노 상, 간바레! 얼마 전 『80대, 인생 지금부터』 감명 깊게 읽었어요."

Q.
치매가 찾아올까 두려워요

나이가 들면 제일 무서워하는 게 암과 치매지. 암은 워낙 천천히 진행되는 초만성병이라 한참 진행되는데도 본인은 별 자각 증상이 없으므로 모르고 지나가는 수가 많다네. 그러나 치매는 당장 깜빡하는 기억력 장애가 오기 때문에 '어라? 혹시?' 하고 걱정을 많이 하지.

기억력이 깜빡한다고 지나친 불안은 금물이야. 열쇠 어딨지? 라이터 어딨지? 금방 두고 돌아섰는데도 어디에 두었는지 기억이 안 날 때가 있지. 이럴 때 막 짜증을 내는 사람이 있지만 이 역시 금물이네. 아, 내가 나이가 들어서 그렇구나, 웃어넘길 수 있어야 해. 나이 앞에 장사 없단 말을 믿어야 하네. 어쩔 수 없는 일이야. 그래도 경증이면 예방책이 있다네. 신문 잡지에도 전문가들의 전문적인 조언이 실려 있네. 많은 사람이 운동하라고 조언을 하지. 물론 그건 치매 예방뿐만 아니라 건강 전반에도 빼놓을 수 없는 좋은 일이라네.

그러나 참 좋은 것은 사람을 만나는 일이야. 사람과의 교류에는 남의 의견을 듣기도 하지만 내 생각을 정리해서 이야기할 기회가 있지. 뇌 과학에선 이를 '아웃 풋Out Put'이라고 해서 뇌 자극엔 무엇보다 효과적이라고 하네. 뇌 훈련을 따로 하는 과정도 있지만 종합적인 면에서 사람과의 교류를 적극 추천한다네. 이게 가장 확실한 뇌 활성 훈련법이야.

그다음으로 '미니 트립Mini Trip' 짧은 여행을 추천하네. 꼭 멀리 떠나는 여행만이 아니라, 낯선 곳이면 된다네. 새로운 자극은 뇌 회로를 활성화하기 때문이야. 낯선 지하철역에 내리는 것도 좋은 자극이 되고 뇌 회로가 전반적으로 활성화되네. 자주 가는 곳이라도 계절이 다르게, 혹은 시간대가 달라도 뇌는 새로운 자극으로 회로가 활성화된다네.

기억력 장애가 일상생활에 지장이 생길 정도로 온다면 메모하는 것이 최상이라네. 사람들은 나를 메모광이라고 부르지. 원래 기억력이 좋은 편도 아닌데 나는 워낙 할 일이 많으니 메모는 일상이 되었지. 사회정신의학을 공부하는 입장이라 내 전문 분야보다 사회 전반에 관한 공부까지 하려니 더욱 힘이 든다네. 하지만 오늘까지 인지증에 안 걸리고 예방이 잘된 것도 메모 덕분이라고 생각한다네. 가벼운 건망증이 나를, 특히 뇌를 건강하게 지켜준 것이라고 생각해.

Q.
경도인지장애(MCI) 판정을 받고
하늘이 무너집니다

앞장에서 건망증은 나이가 들면 누구에게나 오는 증상이라 큰 걱정을 안 해도 된다는 것을 강조했어. 그러나 건망증이 있다고 다 정상적인 노화 과정이려니 하고 가볍게 생각해선 안 된다네. 건망증과 비슷하게 시작하지만, 차츰 악화하여 인지 장애를 지나 치매로 진행되는 때도 있으니. 이 시기를 가볍게 지나치면 안 된다네. 인지 장애는 경도일 때 관리를 잘하면 더 이상 악화, 진전되지 않게 예방할 수 있네.

85세가 되면 거의 반수가 인지증과 같은 지적 기능의 저하가 온다네. WHO에서 인지 기능 저하를 유발하는 12가지 위험 요소를 발표했더군. 운동 부족, 흡연, 영양 부족, 음주, 인지 훈련

부족, 사회 활동 부족, 과도한 체중 감량, 고혈압, 당뇨병, 고지혈증, 우울증, 난청…. WHO는 이런 문제들이 있는 경우 이들 위험 요소에 대해 조기에 개입함으로써 인지증 예방이 된다는 걸 강조하고 있어. 그러나 현재의 우리 생활은 이런 위험 요소를 예방보다 오히려 더 악화시키고 있다네. 이웃과의 교류도 적고 가족과의 관계도 소홀해 혼자일 때도 있고 집에는 모든 게 편리하게 자동으로 되어 있어서 별로 해야 할 일도 없지. 버튼만 누르면 모든 게 자동으로 척척 알아서 해주고. 그나마도 귀찮아 식사와 생활 전반이 제멋대로고 불규칙하지. 이게 자기도 모르는 새 허약과 인지증을 부르는 지름길이라네.

무엇보다 중요한 것은 먹는 일이라네. 혼자 하는 생활은 요리도 귀찮아 잘 하지 않게 되지. 얼마 전 신문에 가사력家事力이란 기사를 인상 깊게 읽은 적이 있다네. 집 살림을 할 줄 알아야 한다는 거야. 요즘은 주부들도 집에서 요리를 잘 하지 않는다고 하더군. 남자들은 지금도 부엌 출입을 잘 하지 않는 사람이 많고. 부끄럽게도 나 역시 부엌과는 거리가 멀었다네. 그러나 최근 부인이 골절상 등으로 가사 일을 못 했을 때, 요양사와 함께 사는 손녀가 식사를 챙겨주었는데 서로에게 불편할 때가 많아 미안하더군. 그런데도 나는 지금도 커피, 라면을 끓이는 게 고작이고 한 끼도 혼자 때울 줄 모르는 가사력 낙제생이라네.

지금부터라도 요리를 시작해보려 해. 무슨 요리를 할까, 하고 생각하고 구상하고 실제로 조리하는 것도 인지증 예방에도 큰 도움이 될뿐더러 자기 건강을 지키는 데도 빼놓을 수 없는 기법이지. 규칙적인 식습관은 건강만인가, 요리 그 자체에도 사는 재미가 있을 거야. 자기가 한 요리를 맛있게 먹는 건 무엇과도 비교할 수 없는 성취감이요, 보람일 테니.

자기 몸이 하는 소리를 잘 들어야 한다네. 지금 바로 무엇이든 시작해보게.

Q.
부모님이 두 분 다 치매를…
제게도 치매 유전자가 있나요?

APOE-4 유전자를 부모 한쪽으로부터 1개 물려받으면 알츠하이머 발병률이 30%, 2개를 물려받으면 발병률이 50%로 높아진다는 보고가 있다네. 그리고 전체 치매 환자의 70%가 APOE-4 유전자를 보유하고 있는 것으로 알려져 있다네. APOE-4 유전자를 부모로부터 똑같이 물려받은 APOE-4 동형접합형 유전자 보유자는 백인 미국인 13%, 황인 일본인 9%, 한국인의 경우 20%로 추정하고 있고. 한국인의 치매 발병률은 세계 평균보다 3배 이상 높은 것으로 보고되고 있다네. 최근 연구 보고에 의하면 APOE-4 동형접합형 유전자를 가진 사람 중 65세의 95% 이상이 알츠하이머의 초기 병리학적 특징인 뇌척수액의 비정상적인 아밀로이드 수치가 확인되었다네.

이 유전자를 가진 사람의 발병 위험도가 높다는 것은 이전부터 알려져 왔지만, 이번 보고를 통해 '반드시 걸린다'라고 단정하기에 이르렀어. 이렇게 단정적으로 확인한 연구 보고는 처음이어서 학계는 발칵 뒤집혔지. 연구팀은 미국의 국립 알츠하이머 조정센터에서 뇌 기증자 3,297명의 데이터와 유럽과 미국 1만 명 이상의 코호트 연구 대상자들에게 실시한 광범위한 연구 결과여서 더욱더 충격적이라네. 알츠하이머병 예방 개입을 위해서는 젊을 때 APOE-4 동형접합형 보유 여부를 체크해야 한다고 연구진들은 말한다네.

현재 미국에서는 APOE-4 클럽에 880명이 등록되어 있으며, 이 클럽을 통해 친교와 정보를 공유하고 전문의와의 상담을 통해 적극적인 예방 대책을 실천하고 있다네. 45세가 넘으면 유전자 검사를 시행하고 적극적인 예방 대책을 강구할 것을 권고하고 있지. 치료 및 예방은 '리코드ReCODE법'에 따라 개별 또는 클럽별로 실시한다네.

조선대학교 국책 치매 연구단에 따르면 APOE-4 유전자는 특히 동아시아인에게 높은 빈도로 존재한다고 하네. 특히, APOE-4 동형접합형은 한국인에게 세계 평균에 비해 3배 이상 존재해 그만큼 발병 가능성이 높다는 점을 확인했고. 왜 한국인에게 많을까? 여기에 대한 설명은 아직 확실치 않다네. 다소 보수적인 의견도 있어. 스탠퍼드 대학교 마이클 그레시우스 박사는 별 증상이 없다면 이 유전자 검사를 굳이 받지 말라고 충고하더군.

나는 적극적인 예방 대책이 필요하다고 생각해. 유전자 검사를 하고 위험률이 높으면 클럽을 만들어 적극적인 예방 대책을 하는 것이 좋겠다는 생각이네. 우리 센터에서도 루틴으로 유전자 검사를 하는데 위험 요인이 발견되면 클럽을 만들어 예방을 위한 사교 클럽 형식으로 운영할 예정이라네.

Q.

노화가 너무 빨리 진행돼서, 자신감이 바닥이에요

노쇠Frail. 나이가 들어감에 따라 전신이 허약한 상태를 말하지. 지금까지 생활과 별로 다른 것도 없는데 어느샌가 신체가 이렇게 허약해졌다는 게 환자들의 이야기라네. 나이가 들면 누구나 한두 가지 만성병을 앓게 되는데 이렇게 허약한 상태에선 병태가 개선되긴 어렵고 특별히 개선책을 따로 하지 않는 한 상태는 악화일로惡化一路로 치닫고 기저질환도 더 악화된다네.

자기 신체 컨디션을 잘 체크해보길 바라네. 자기도 모르는 새 나이와 함께 슬금슬금 찾아오는 게 노쇠 증상이야. 참고로 노년 의학에서 말하는 노쇠의 기준은 다음 다섯 가지 항목 중 세 가지 이상 해당하는 경우이고, 1~2단계는 그 전 단계로 본다네.

① 체중 감소: 특별히 병도 없는데 체중이 연간 4~5kg 이상 줄었다.

② 쉽게 피곤하고 만사가 귀찮다.

③ 걷는 속도가 떨어진다.

④ 악력(주먹을 쥐는 힘) 저하

⑤ 신체 활동량의 감소

이런 증상들은 하루아침에 갑자기 오는 게 아니라네. 자신도 미처 의식하지 못하는 사이 서서히 찾아와 별다른 조치를 하지 않으면 악화일로로 치닫는다네. 따라서 '나이가 드니 어쩔 수 없지.' 하고 받아들이고 체념해선 안 된다네. 70대에도 이런 마음가짐은 아직 일러. 재기 훈련을 하면 다시 옛날의 근력을 회복할 수 있다네. 신체 허약은 의욕 저하로 이어지고, 우울증만이 아니라 뇌도 위축된다네.

간호를 받아야 할 형편이 되지 않게 각별한 노력을 기울여야 한다네. 여기서 포기하면 다음 단계가 근감소증Sarcopenia이야. 고령이 되어 근육량이 감소하고 근력 저하 상태가 되는 것을 말한다네. 근육은 40대부터 서서히 줄어들어 70대가 되면 본인이 의식할 정도로 감소하지.

앞장에서 80대의 심신 상태는 70대에 어떤 태도, 어떤 생활을 했느냐에 따라 결정된다고 말했었네. 모든 생활습관병에 가장 중요한 예방, 치료는 적정한 운동이야. 나의 치료 경험상 사람들이 제일 못하는 게 지속적인 적정 운동이더군. 무슨 운동이든 좋다네. 하찮고 작은 운동이라도 좋아. 계속하는 것이 힘이라네. 어떤 생활 습관보다 운동이 장수 건강에 미치는 영향이 가장 크네. 근감소증이 진행되면 평평한 바닥에서도 넘어지곤 한다네. 창피하지. 저런 데서 넘어지다니…. 더 심해지면 아예 외출할 수도 없게 된다네. 삶의 질이 문제가 아니라 삶 자체가 문제가 돼. 나이가 들면 넘어지는 것에 특히 유의해야 한다네. 골절상으로 얼마간 움직이지 못하면 완치 후에도 부상 부위 근육이 눈에 보일 정도로 줄어 있을 것이니.

Q.
장수하고 싶지만,
너무 오래 살까 봐 두렵기도 해요

우연히 집어 든 일본 동화집. 거기에 참 재미있고 좋은 의미가 실린 동화 이야기가 나오더군.

하느님이 세상을 만들 때 이야기네. 지구상 모든 동물의 수명 길이를 정하는 자리다. 말은 30년, 그러자 말이 호소하네. "하느님, 저는 평생을 무거운 짐을 지고 살아야 하는데 30년은 너무 깁니다."라며 눈물로 호소했다. "그래. 그럼 너는 18년을 줄여서 12년을 살아라." 말은 좋아라 폴짝 뛰며 나갔다. 다음은 개 차례다. "30년!" 그러자 개가 읍소한다. "저는 늙으면 이도 빠져 싸울 수도 없고 으르렁대기만 하는데 누가 겁을 낼 것이며 집을 지킬 형편도 되질 않을 것입니다." "그렇구나. 그럼 너는

12년 줄여서 18년의 수명을 부여한다." 그러자 개도 납득을 하고 물러난다. 다음은 원숭이 차례다. 그도 30년의 수명은 남의 흉내만 내고 살기엔 지겹다고 호소했고 10년을 줄여서 20년의 수명을 줬다. 다음은 사람 차례인데 유일하게 사람만이 30년은 너무 짧다고 더 장수하길 원했다. 하느님은 워낙 욕구가 강한 모습에 다른 동물들에게 주지 못한 남은 수명들도 있고 해서 그걸 주기로 작정하고 "좋다. 그럼 너는 말, 개, 원숭이가 반납한 나이와 너에게 주어진 나이 30년을 합친 만큼 더 살도록 하라." 그래서 인간만이 예외적으로 70년의 수명을 살게 되었다. 처음 30년은 인간으로 사는 삶을 살다 가지만 다음 18년은 말처럼 무거운 짐을 지고 땀을 흘리는 생활을 이어간다. 그리고 다음 12년은 개처럼 개집 속에 갇혀 잠도 잊은 채 집을 잘 지켜야 한다. 다음 최후의 10년은 원숭이처럼 아이들의 놀잇거리가 되어 놀림 끝에 생을 마친다.

이야기는 여기서 끝나네. 그러나 이건 동화가 아니라, 어른들을 위한 엄중한 경고가 들어 있다네. 이야기란 게 반드시 다 옳은 것은 아니지만 작가는 그 속에서 예리한 교훈을 끄집어내 우리를 놀라게 하더군. 이것은 옛이야기야. 당시 나이로 70년이면 상당한 욕심이었어. 많으면 좋은 줄 알고 짐승들이 버린 목숨까지 주워다 오래 살기를 바랐으니, 끝이 좋을 리 없다네.

동화의 저자는 우리에게 묻고 있다네.

"여러분은 각자 자기의 나이에 관한 이야기를 쓴다면 어떤 내용으로 쓸 것 같습니까?"

지금 우리나라 평균 수명은 83.5세. 그래도 더 살겠다고 욕심이 날까? 나도 이 정도 살았으면 충분하다고 생각해. 나이가 드니 어디 하나 성한 데가 없다네. 눈도, 귀도 멀고 이도 빠지고 숨도 답답하고 기침, 가래, 걸핏하면 감기에 배탈, 설사, 복통…. 허리 아프지, 무릎, 발, 발가락까지 말썽이라네. 고맙게도 최근 학자들의 깊은 연구에 의하면 인간의 수명이 지금처럼 늘어나진 않을 것이라고 하더군. 수명 연장 속도가 지난 몇 년에 비해 확실히 느리게 늘고 있다는 것. 100세, 아니 120세 인생을 예측했지만 그렇게 되기가 쉽지 않을 것이라는 전망이라네.

내 나이 90세. 평균보다 이미 더 살았어. 그래도 이렇게나마 살 수 있다는 게 정말 고맙다네. 그러나 짐승들이 버린 나이까지 주워 살고 싶진 않구나.

Q.
품격 있는 노인이 되려면 어떻게 살아야 하나요?

겸손한 노인력老人力을 키우면 된다고 답하고 싶네.

노인이 되면 힘이 없어지지. 그러나 그게 바로 힘일세. 어느 학자가 노인력이란 말을 했어. 나는 이 말이 참 좋아. 인간에겐 누구나 남에게 친절을 베풀고 싶은 이타적 욕구가 있다네. 자기가 베푼 작은 친절이나 배려에 상대가 크게 감사하고 기뻐하는 걸 보면 내 뇌 속에도 똑같은 기쁨 반응이 일어나지. 뇌신경에선 이 회로를 거울신경 회로Mirror Neuron System라 부른다네.

내가 올해 90세가 되었다고 하면 사람들이 놀라기도 한다네. 우선 겉모습이 제법 그럴듯해 보여서인지 그래도 꼬부랑 영감 취급은 잘 하지 않더군. 최근엔 오래 앓아온 허리디스크가 지

지팡이의 힘

이시형

난 코로나 때 집에서 글만 쓰느라 잘 안 움직여서인지 상당히 악화되었어. 계단이 많거나 산에 갈 일이 있으면 지팡이를 짚고 가지. 그런데 나도 놀라는 경험을 더러 하게 된다네. 사람들이 지팡이를 짚은 내게 대단히 친절하고 배려적이며 양보도 잘해 준다네. 이게 지팡이의 힘인 것 같아.

노인력이란 말은, 지팡이 힘과 같은 뜻일세. '사람들이 내게 작은 친절을 베풀 수 있게 하는 것도 참 좋은 일이구나!' 하는 생각을 하게 된다네. 나이가 들면 모든 신체 능력이 약화하는 건 어쩔 수 없는 일이지. 그럴 땐 괜히 허세 부리지 말고 도와달라고 청하는 것도 노인으로 살아가는 지혜이기도 해. 그리고 도움을 받으면 고개 숙여 진심으로 감사의 인사를 건네면 된다네. 상대방도 나이 든 사람, 약자를 도왔다는 자긍심을 가질 수도 있지.

고령자가 정말 안 해야 할 것은 허세를 부리는 일이야. 자기가 젊었을 때는 어쩌고저쩌고…. 젊은이가 제일 싫어하는 말이지. 젊은이들이 찾는 노인은 대단한 일을 한 큰 사람이 아니라 함께 일할 때 즐겁고 따뜻한 사람일 거야. 독수리가 날카로운 발톱을 숨기듯이 노인은 겸손하고 자중할 때 노인력이 빛나는 순간이 된다네. 예전에 잘했다고 지금도 잘할 것이라는 생각은 금물이라네. 그건 자만심이지 자존심이 아니야. 자기 자랑 말고 열심히 하겠다는 겸손한 자세가 당신을 위대한 능력자로 보게 하는 좋은 기회가 될 수 있다네. 세계 위인전을 한번 훑어보게나. 그들의 두드러진 점은 겸손이었다네. 그 겸손이 사람을 따르게 하는 위대한 능력이지.

Q.
무기력하고
의욕이 없어요

고령이 되어도 욕심은 대체로 여전하다네. 욕심을 채우려면 상당한 의욕과 노력이 필요해. 하지만 그러기엔 의욕도 없거니와 귀찮아서 못 하게 되지. 난 기회가 있을 때마다 평생 현역으로 뛰자는 말을 자주 해왔네. 그렇다고 젊은 날처럼 가당치도 않은 희망은 아닐세. 자기 나이에 맞게, 앞으로 살날도 계산해가며, 그리고 지금의 능력이 옛날 같지 않은 것도 생각해서 분수 있게 하자는 것이라네. 그렇다고 너무 의기소침해서 아무 일도 못 하고 어물쩍 죽을 날만 기다리는 그런 자세는 물론 안 되네. 의욕 저하는 정신적인 문제도 있을 수 있지만 최근엔 뇌 신경전달물질인 세로토닌의 부족이 가장 큰 문제로 등장하고 있다네.

세로토닌은 일명 행복 호르몬이라고 부르는데 분수에 맞는 욕심, 의욕적인 일이 성취될 때 우리는 푸근한 행복감에 젖게 된다네. 이런 순간을 떠올리노라면 우리 뇌 속엔 세로토닌이 넘치지. 불행히도 현재 우리 한국인에겐 세로토닌 결핍증이 만연하다네. 나는 지난 40년 동안 이 문제만을 연구, 발표하고 세로토닌을 증량, 활성화하는 방안을 연구하고 있어. 세로토닌의 기능은 행복, 의욕만이 아니라네. 위대한 기능 중 하나는 조절 능력인데, 우리 뇌가 극단적인 방향으로 가지 않도록 조절하지. 폭력, 충동, 식욕, 수면, 불안, 흥분, 침체…. 우리 뇌가 극단으로 가지 않게 조절함으로써 평상심을 회복하는 데 결정적인 역할을 하고 있다네.

오늘 한국의 사회 정신병리를 연구하는 데 있어 세로토닌은 그 중추적인 역할을 하고 있다네. 세로토닌 활성 기법을 기억하길 바라네. 세로토닌의 원료인 트립토판을 충분히 섭취해야 해. 응급의 경우 육류를 많이 섭취해야 하고. 그리고 태양의 힘이 무엇보다 중요하다네. 리드미컬한 운동, 스킨십 등의 자극이 섭취한 트립토판이 뇌 속에서 세로토닌으로 전환되는 과정을 활성화하니까. 불행히도 세로토닌은 뇌 속에서 합성될 뿐 지금까지 자연계에서 그냥 얻어질 순 없어. 그러나 고맙게도 최근 오석중 박사 팀이 세계 최초로 세로토닌 합성을 촉진하는 물질, 세로타

민을 개발하는 데 성공함으로써 세로토닌 연구나 임상에 혁명적인 계기를 만들었어. 앞으로 나와 공동 개발을 통해 세계 학회를 놀라게 할 작품들이 속속 개발될 것이라 기대가 크다네.

고기를 많이 먹으라는 처방은 참 조심스럽네. 지질 이상이나 콜레스테롤 증가도 심질환에 미칠 영향이 크기 때문이지. 그러나 한국에선 사망 원인이 선진국에서 문제 되는 심질환보다 암이 많아서 세계 다른 나라만큼 육류 섭취로 인한 부작용은 심각하지 않다네. 그리고 우리는 태양 빛이 풍부한 혜택을 누리고 있지. 북유럽에선 햇빛 부족으로 세로토닌 합성이 부족하게 되어 늦은 겨울엔 세로토닌 결핍증후군이 심각해진다네. 계절성 우울증SAD, Seasonal Affective Disorder이라 부르는데 최근 우리 젊은이 사이에도 햇빛 기피증으로 계절성 우울증SAD이 증가하는 보고도 나오고 있어 깜짝 놀랐다네.

참, 아일랜드 문화 기행 이야기를 빠뜨릴 수 없지. 그날은 영상 5℃ 안팎이라 우리 느낌에는 좀 서늘한 기온이었어. 어느 시골 마을 앞을 지나는데 동네 사람들이 모두 웃통을 벗고 뛰어나오는 게 아닌가. 깜짝 놀랐지. 우리 일행을 환영하러 나온 건가? 알고 보니 오랜만에 햇볕이 내리쬐는 날씨에 일광욕을 즐기러 나온 것이었어. 아일랜드 기후는 참으로 변화무쌍하더군. 구름

낀 날씨가 평소의 날씨고 비가 잠시 내리다가 바람이 불고 그사이 잠시 햇빛이 나네. 그곳 사람들은 비가 와도 우산도 안 쓰고 그냥 다니더군. 잠시 오다가 바람도 불면 쉽게 젖은 옷이 마르니까. 해가 잘 나오지 않으니, 세로토닌이 활성화되지 않네. 여기뿐 아니라 북유럽 쪽엔 햇빛 부족으로 특히 늦은 겨울엔 세로토닌 결핍 증후군이 많다네. 우울증이 많고 자살률이 높은 것도 햇빛이 부족한 탓이야. 얼른 나가서 햇빛을 받으며 걷는 것부터 시작하게나.

Q.

나이 들어도
젊은 지능을 유지할 수 있나요?

나이가 들면 몸만이 아니라 머리도 옛날 같지 않지. 특히 기억력은 현저하게 떨어지지. 그러나 다행히도 지능은 살아 있다네. 당장 노벨상 수상자들을 보게. 젊은 중장년층도 있지만 대체로 나이 든 고령자가 많아. 저 나이에 어디서 저런 아이디어가 나왔을까? 노벨상은 아이디어만으로 되는 것은 아니네. 꾸준한 실험과 실패, 그리고 또 실패를 거듭한 결과물이지. 실패하면 어디가 잘못된 건지, 어디에 문제가 생긴 건지 여러 가지 추론을 하고 다시 계획을 새롭게 세우는 등 고도의 지적 능력을 발휘하지 않으면 안 된다네.

최근엔 젊은 혁신 지도자들도 많이 나오지만, 각국의 정치지도자들도 상당히 고령이네. 저 늙은 머리로 어떻게 그 복잡하게 얽힌 실타래를 풀어낼까. 어느 나라에나 도저히 풀리지 않는 매듭이 엉켜 있지. 보통 머리로는 안 돼. 거짓말도 고도의 지능이 있어야 하지 않나. 탄로가 나지 않게 하려면, 그리고 그 거짓말이 진실인 것처럼 꾸미려면 머리가 비상해야 하지. 어느 유명한 정치가가 한 말이야.

"정치를 잘하려면 거짓말도 잘해야 한다. 단, 거짓말이 탄로 나지 않게 해야 한다."

이렇게 두고 볼 때 고령과 지능의 관계를 생각해보지 않을 수 없지. 우리가 보통 알기에는 두 가지 지능이 있다네. 첫째, 유동성 지능은 금방 본 영화 주인공 이름이 생각 안 난다면 여기에 문제가 있다는 뜻이고 고령일수록 이 지능이 떨어지지. 반면 삶의 지식과 경험을 담당하는 결정성 지능은 나이가 들수록 더욱 풍부해지고 높아진다네.

다음은 통괄성 지능이라는 게 있어. 이건 고령이 될수록 높아지는 사람, 낮아지는 사람이 있다네. 복잡한 정보를 통합, 정리, 요약하고 기획 의사를 결정하고 주어진 상황을 잘 분석하여 판단하는 능력이라네. 지능의 성격상 나이가 들어 세상이 귀찮다고 뒷방 늙은이가 되면 이 지능은 현저하게 떨어진다네. 그러나 계속 사회적 관심을 두고 활동하고 현역처럼 일을 하는 소위 '액티브 시니어Active Senior'들은 통합 지능이 더 올라간다네. 이런 통합 지능이 떨어지는 사람이면 나잇값을 제대로 할 수 없는 옹고집이 된다네. 진정한 나잇값을 하는 사람은 나이가 들수록 절로 올라가는 결정성 지능에 통괄성 지능이 합쳐져 세상을 폭넓게 보는 안목이 생기지.

요즘도 가끔 '젊은 피 수혈'이란 말을 접할 때가 있어. 물론 그런 참신한 아이디어로 새로운 시대를 이끌어야 한다네. 그러면서 균형 잡힌 사회나 기업이 되려면 늙은 피 수혈도 해야 한다네. 젊은이들은 모든 게 빨라. 빨리 결정하면 어딘가 빈구석이 생겨 엄청난 피해를 초래할 수 있다네. 뒷자리 노숙한 선배가 "여보게, 아까 한 그 결정, 다시 한번 생각해보는 게 어떨까?" 하고 말할 수 있는 지혜도 필요하지 않을까.

선비는 어디 가고
이시형

Q.

노화와 죽음을 긍정적으로 받아들이고 싶어요

인간은 죽음이라는 종착역을 향해 일직선으로 달려가는 단순한 동물이 아니라네. 언젠가는 종착역에 닿겠지. 하지만 그때까지의 과정이 그리 순탄하지도 않고, 모든 사람이 같은 과정을 밟는 것도 아니라네. 건강하게 잘 달려 종착역이 점점 멀어지듯 아득히 멀리 있게 느끼는 사람이 있듯, 소리 없이 조용히 일찍 가버리는 사람도 있지. 고등학교 동창들의 생활상을 추적해보면 인생살이의 다양함이 눈으로 그리듯 잘 보인다네.

늙음이 곧 병도 아니며 늙음이 곧 죽음도 아니란 사실은 확실히 느낄 수 있지. 그러나 생물학자들의 보고에 의하면 과정이 너무 복잡하고 신비스러워서 확실히 어떤 변화가 진행되고 있는지 잘 모른다는 게 솔직한 고백이야. 나는 다행히 정신의학을 공부하는 입장이라 그런대로 편하지만, 분자생물학만 하더라도 구조적인 그 복잡성이나 기능적인 과정을 완전히 이해한다는 것은 불가능한 일이란 게 공통적인 견해라네. 그런데도 우리는 나이가 들면 늙어 결국 죽게 된다고 단순한 도식처럼 생각하고 있어. 앞에서도 말했지만, 인간이란 생물은 (다른 동물도 생명학에 관련한 비슷하겠지만) 생명이라는 현상 자체를 정확히 그려내거나 이해할 수 없다네.

우리는 누구나 해마다 노벨상 수상자가 발표될 때마다 그분들의 연구 깊이를 가늠할 수 없을 뿐만 아니라 무슨 분야를 연구했는지조차 추정할 수 없지. 수상작 연구가 모두 궁극적으로는 인간이라는 생명체의 본질을 탐구, 연구, 분석하는 과정이야. 우리가 들어도 무슨 내용인지도 모르는 분야를, 그 작은 분야를 연구한 학자들의 이야기지. 하지만 시야를 넓혀보게나. 어디 수상자들만인가. 전 세계 그런 깊이 있는 연구를 하는 학자들은 수 없이 많다네. 그렇게 많은 사람의 심도 있는 연구에도 불구하고 인간 생리를 다 규명하기엔 태부족이지.

늙으면 죽는다. 많은 사람이 해온 이 말을 그대로 믿고 받아들이지 말고 가벼운, 아니 무거운 반발을 하고 나름의 도전의 길을 걷는 것을 한번 생각해보는 건 어때? 늙으면 한 계단 한 계단 하늘로 올라가는 에스컬레이터에 타는 것이 아니라네. 다양한 사람들이 다양한 선택을 하지. 나는 과연 어떤 길을 택할 것인가. 중년에 들어섰으면 이 무거운, 그리고 깊은 물음에 정면으로 부딪쳐볼 생각을 해야 한다네.

아직 죽음은 저 멀리 있다네. 어느 길을 따라 어떻게 갈 것인가. 종착역에 이르기까지 그 미지의 길을 연구, 탐색해보게나. 가슴 깊은 곳에서 솟아나는 힘을 느껴보게. 그게 여행길이라면 지도 없는 길이라네. 그 미지의 세계에 도전해보는 게 어떤가.

3장

멋지게 나이 들기

Q.
서서히 찾아오는 백발을 즐기는 법을 알려주세요

요즘은 멋쟁이가 아니라도 머리 모양에 신경을 많이 쓰지. 옛날엔 여성들만 머리 모양을 다듬는 데 공을 들였는데 요즘은 남자도 못지않게 신경을 쓰고 머리 모양도 다양하더군. 특히 운동선수들의 머리 모양은 누구도 흉내낼 수 없는 특이한 모습을 자랑삼아 뽐내고 있어.

한국 사람은 유독 백발에 신경을 곤두세우지. 아마 늙음의 시작을 상징하기 때문일 테지. 어느 날 거울 앞에 한 가닥 흰 머리카락이 보이면 '아, 내 인생이….'라고 한숨을 쉬게 되지. 탈모증세라도 보이면 아주 아연실색하기도 해. 머리가 빠질까 봐 잘 씻지도 못한다는 사람도 있더군. 암 환자들도 암보다 무서운 게 항암치료의 부작용으로 머리카락이 빠지는 일이라고 고백해. 흰 모자를 써서 가리기도 하지만 다른 사람들과 이질감이 들곤 해서 아주 거북하다고 하지. 때문에 가급적 사람을 만나지도 않고 거의 은거를 하다시피 하니 병 치료에는 도움이 될 거 같지 않아.

난 천성적으로 꾸미는 데 게으르다네. 땀내가 풀풀 나지 않는 한 비누도 쓰지 않고 샴푸나 스킨은 써본 적도 없어. 나도 백발이지만 언제부터 흰머리가 생겼는지 기억도 안 나. 생기거나 말거나. 백발은 나이가 들수록 점점 짙어지는 게 순리지. 자연스러운 현상인데 검은 물을 들이는 사람들이 적지 않아. 상당히 부지런해야 하는데 그 정성이 부럽기도 하더군.

내가 진료한 환자는 어릴 때부터 중병을 앓아 자기 집처럼 병원에 들락날락했다네. 부모와 의사가 하는 이야기도 슬며시 엿들었던 모양이야. "이젠 더 이상 기대하지 마세요." "앞으로 6개월." 이런 말을 엿들을 때마다 가슴이 철렁 내려앉았다고 해. 그런데도 인간의 목숨이란 게 쉬이 꺼지지 않는다네. 그럭저럭 대학까지 졸업하고 이 몸 상태로 취업은 안 되고 해서 마음에도 없는 대학원에 진학했어. 몇 차례 죽을 생각도 했지. 그때마다 소아과에서 나에게 이관되어 오곤 했던 환자야. 그럭저럭 20년도 넘게

봐온 환자라네. 진료가 끝나고 나가는 뒷모습은 언젠가 또 볼 수 있을까, 안타까운 마음으로 보내던 환자였어. 남들이 박사 학위를 끝날 즈음에서야 겨우 대학에 다닐 수 있을 만큼 그는 바람 앞에 촛불처럼 쇠약한 상태였다네.

그러던 어느 날, 환자가 여느 때와는 다르게 환한 웃음으로 진료실에 들어왔어.

"선생님, 저도 흰머리가 생겼어요. 이제 저도 노인이 될 만큼 오래 살아남았군요."

난 어안이 벙벙했어. 흰머리 한 가닥에 이렇게 기뻐하다니. 그러나 난 그 사연을 알 것 같았네. 그의 투병 생활은 눈물겨웠어. 몇 번이고 죽을 고비를 넘기고 살아나온 값진 승리였지. 그에게 백발은 올림픽 금메달보다 더 값진 투쟁의 선물이었어. 흰머리가 생길 만큼 오래 살아남았다고 기뻐하는 환자에게 인간 승리의 메달을 주고 싶었지. 한 가닥 흰머리에 이렇게 큰 기쁨을 느끼는 사람도 있다는 것을 생각하면 우리들의 나이 듦에 관한 생각도 달리할 수 있지 않을까.

Q.
75세 아버지께서 일도 취미생활도 없이 집에만 계시니 답답해요

남미 여행에서 들은 이야기를 들려줄게. 나이 든 어부가 낚싯대를 걸어놓고 꾸벅꾸벅 졸고 있었다네. 지나가는 행인이 딱한 마음에 한마디 하지. "이보시오, 졸지 말고 열심히 해서 돈도 벌고 하면 노후가 편하고 즐거울 것 아니겠소?" 얼굴을 쓰다듬고 일어난 어부 왈, "지금 이렇게 어슬렁거리며 낚시질하는 게 가장 하고 싶었던 일이고, 이때를 잘 즐기고 있잖소. 당신이 방해하기 전까지는." 이렇게 어슬렁거리는 게 가장 즐거운 일인데 뭘 달리하란 소리요? 이런 항의를 하는 것이었지. 머쓱해진 행인이 머리를 긁적이며 떠났어.

이 이야기를 듣고 머쓱해진 것은 나만이 아닐 것 같아. 사지가 멀쩡한 사람이 하는 일 없이 어슬렁거리는 걸 보면 이해가 안 갈 때가 많지. 보아하니 행색도 초라한데 일이라도 찾아서 하든지 아니면 신나는 취미생활을 하든지. 저렇게 어슬렁거리다니 인생을 낭비하는 것 같아 보기에 딱하다네.

가까운 집안 동생이 있어. 녀석은 사는 형편도 괜찮았다네. 아이들도 잘 자라 어디 하나 걱정거리가 없는 참으로 다복한 가정이었어. 내가 보기에 한 가지 딱한 일은 녀석은 잘하던 식당을 닫고 별 하는 일 없이 빈둥거리기를 벌써 몇 년째 하고 있다는 점이야. 70대도 되기 전인데 벌써 저러고 있으니 지겹지나 않을까, 내가 보기에도 딱하더군. 아이들도 참 효자야. 저렇게 어슬렁거리는 아버지가 딱해서 이렇게 말을 했다네.

"아버지, 뭐 좀 신나는 취미생활이라도 하시면 인생이 한결 즐겁고 사는 재미가 있지 않을까요?"

며느리도 거들자 알았다는 듯 고개를 끄덕거리긴 했지만, 그의 생활은 그대로였지. 어느 날, 그와 마주 앉아 살아온 이야기를 들을 수 있었다네. 새벽 2시면 일어나 가락시장에 장을 보러 가고, 식당이 잘돼 밤중까지 손님이 넘치니 쉬어본 적이 있을 리가 있나…. 열일곱 살부터 시작한 일이었다네. 그 덕에 아이들고생시키지 않고 공부도 시킬 수 있었지. 외국 유학까지 보냈으니까. 이제 자기가 해야 할 일은 다 했으니, 자신은 지금 일생에서 가장 행복하고 즐거운 시간을 보내고 있는 것 아니겠나. 이렇게 빈둥거리는 것도 일생에 처음이며 이보다 여유롭고 신나는 일도 없을 거라네. 장사하느라 땀 식힐 여유도 없었던 젊은 날, '아, 오늘 하루 아무 일도 하지 않고 그냥 쉴 수만 있었으면!' 얼마나 기다렸던 날인가. 이렇게 어슬렁거릴 수 있는 시간이 지금의 자신에겐 더없이 즐겁고 행복한데 무슨 일을 또 하란 말인가.

나는 녀석의 이야기를 듣고 많은 생각을 하게 되었어. 나 자신에게, 강연 때마다, 그리고 책을 집필할 때마다 사람들에게 평생 현역으로 열심히 뛰라고 다그치지 않았던가. 지금도 그 생각은 변함이 없어. 그게 정녕 인생을 충실하게 살고 멋있게 늙어가는 일이라고 핏대를 세우며 떠들지 않았던가. 내가 제일 많이 듣는 소리는 무리하지 말라는 소리라네. 미국 유학 시절, 미국 친구들은 'You are killing yourself!' 너는 너를 죽이고 있다고 경고도 했어. 인생을 잘 산다는 게 그래서 어려운 일인가?

지금 이대로가 좋아
이시형

Q.
나이 들면
도움을 청하는 용기도 필요할 거 같아요

고령자가 모이는 곳에서 자주 듣는 말이 있었다네.

"자립정신이 강하고 또 그럴 수 있는 사람은 복노인이다."

"자식들한테 얹혀살지 않겠다."

"누구한테도 신세 지고 싶진 않다."

나도 글을 쓸 때 은근히 이런 논조를 펼칠 때가 있지. 그러나 결코 강한 톤으로 이야기하진 않는다네. 내가 이 말을 들을 때나, 혹은 말할 때 어딘가 서운한 듯한 기분이 들기 때문이야. 그렇게 어렵게 자식들을 키우고 공부시켰으면 내가 늙어 도움이 필요할 때 신세 좀 지는 것도 괜찮지 않을까? 옛날엔 신세 진다는 생각조차 없었는데…. 너무도 당연한 일에 신세라니?

그래서 부모를 모시고 살아야 할 맏이에겐 사는 집이나 농토를 많이 물려주곤 했지. 그리고 맏이는 부모를 모시는 게 지극히 당연한 도리라고 생각했고. 그 점이 부모가 미안하다거나 부끄러워할 일은 전혀 아니었지. 잘 살면 잘 사는 대로, 못 살면 또 그런대로 노부모를 형편에 맞게 모시고 산다는 것은 하늘이 시키는 일로 여겨왔던 게 우리 한국의 아름다운 문화요, 전통이었어. 물론 그때는 연금 제도도 없고 손바닥만 한 땅에 나는 농사가 전부였지. 그리고 아무리 고령이라도 움직일 수 있는 한 손수 농사를 지었어. 그걸 먹고 자랐으니 고령자에 대한 존경, 공경심이 절로 우러나던 시절이었지. 밭고랑에서 돌아가신 어른들도 볼 수 있었던 시절이었다네.

나는 기회 있을 때마다 평생 직장 타령을 자주 한다네. 늙은 노동력으로 얼마나 큰 보수를 받겠냐만 일한다는 사명감에 보람을 느낄 수 있고 건강에도 매우 좋지. 할 수 있는 일이면 하는 것이고 내 능력에 벅차면 못 하는 거야. 능력이 없다고 탓하지 말고 있는 능력을 잘 살려야 한다네. 슈퍼 고령자에게도 한계가 있어. 몸도 마음도 옛날같이 잘 돌아가지 않으니. 안 되는 일은 체념하고 할 수 있는 일을 해야 해. 나이 들어 떨어진 능력은 체념할 줄도 알아야 하고 남아 있는 능력을 잘 활용할 줄도 알아야 한다네. 그리고 아이들이나 이웃에게도 필요할 때 작은 도움을 청하는 것도 늙음의 슬기라는 걸 잊지 말게. "시내 갈 때 날 좀 태워주게." 평소 이웃에게 나잇값을 제대로 했다면 즐거운 마음으로 도움을 줄 것일세.

나는 인간관계를 잘해야 노년이 편하단 이야기를 강조해왔다네. 한마디로 평소에 잘해야 해. 작은 것이라도 베풀 것이 있으면 잘 베풀어야 해. 평소 얌체 영감한테 부탁받으면 누구도 즐거운 마음으로 도와주진 않을 것이야. 고령을 즐겁게, 의미 있게, 공경심으로 바라볼 수 있게 잘해야 한다네. 그래야 도와달란 소리가 절로 나오겠지.

Q.

건강하게 나이 들려면 어떤 습관을 익혀야 하나요

내가 평생 강조해온 습관 이야기를 또 하려고 해. 신문, 잡지, TV에 제일 많은 기사가 건강 습관에 관한 내용이라네. 지겹도록 보고 들은 이야기일 거야. 그러나 잠깐! 정말 자신 있나? 생활 습관이라면 두 번 다시 듣고 싶지 않다고 자신 있게 이야기할 수 있는가 말이야. 나의 책 『허리 5cm』에도 그 지겨운 이야기가 나오지. 왜냐하면 생활 습관이 엉망인 사람이 너무 많기 때문이야.

그런데 나도 의사 동료들의 건강 습관 칼럼을 읽으면서 웃지 않을 수 없는 대목이 더러 있다네. 유명 필자가 생활 습관에 대해 상세한 부분까지 왜 그래야 하는지, 안 하면 어떻게 되는지를 이야기하면서 끝에 가서는 자기도 그렇게 못 하고 있다는 것이야. '인생 120세 장수'는 가능하다는 게 전문가들의 의견이라네. 의학적 근거를 들어 그 기전을 자세히 설명해놓았는데 어디 하나 흠잡을 데가 없어. 좋은 습관에 대한 매뉴얼도 구체적이야. 실천하는 게 그리 까다롭지도 않아. 그러나 그대로 따라 하는 사람은 드물지.

70대에 아무렇게나 편한 대로 살다 보면 규칙적인 건강생활을 하기 쉽지 않다네. 사람은 편한 데 길들면 그만큼 편한 게 없어. 그만 습관이 되어버리지. 특히 1인 가구는 조심해야 해. 너무 흐트러진 생활을 하노라면 건강과는 거리가 먼 상태가 되니까. 그렇다고 엄격한 다이어트는 노년엔 위험하다네. 30대 이후 10년마다 체질량지수(몸무게와 신장으로 계산한 수치) BMI가 1씩 올라가는 것이 정상이라네. 맛있는 것, 즐겁게 먹고 많이 웃고 신나게 사는 것. 이게 건강 장수의 비결이야. 나이가 들면 뱃살이 좀 늘어나는 게 정상이고 그게 건강이라네.

70대에 모델이 되겠다고 나서는 기사를 본 적이 있어. 그리고 세계 미녀대회에 출전하겠다고도 하더군. 난 그 용기에 박수를 보내고 싶어. 결과를 보진 못했지만, 심사 기준이 어떠냐는 의문은 든다네. 젊은 날의 미인 대회는 패션모델을 방불케 하는 기준이 있는 것 같아. 그러나 나이가 들면 그에 따른 기준이 따로 있어야 할 게 아닌가 하는 의구심이 든다네. 70대 노인을 젊은이 기준으로 판단한다는 게 어째 마음에 들지 않아. 미인 대회는 연대별로 해야 하는 게 의학적으로 타당하다는 생각이야.

새로운 습관을 들인다는 것은 쉬운 일이 아니지. 특히 건강 습관은 더구나 더 그래. 그러나 아무렇게나 살아선 안 되네. 다소의 견제가 있는 것이 좋다네. 혼자보다 여럿이 함께 하면 습관 만들기에 훨씬 수월하다는 것이 학계의 보고라네. '여럿이 함께!' 지금부터 건강 습관을 함께 실천할 친구들을 모아보는 건 어떤가. 건강을 위해서라는 생각을 버리고 여럿이 함께 하는 일이 즐겁기 때문이네.

Q.

아이들이 독립을 시작하니 빈 둥지 증후군에 시달려요

정신과 입원실에서 매일 열리는 아침 미팅이 떠오르는군. 전날 밤 입원 환자인 70대 여성 전직 교사는 남편과 사별 후 자식과 떨어져 혼자 살고 있었지. 외동아들 내외가 시간이 날 때마다 번갈아 어머니 집에 가서 도울 일이 있는지 확인했다네. 그러나 언제나 집 안 정리도 깨끗하게 해서 아들 내외는 갈 때마다 안심하고 돌아왔대. 근데 문제가 생긴 거야. 아들 혼자 갈 때는 엄마가 귓속말로 며느리가 다녀갈 적마다 뭔가 자꾸 훔쳐 간다는 거야. "네?" 아내를 누구보다 잘 아는 남편으로선 생각도 할 수 없는 일. 무엇을 훔쳐 간단 말인가? 장롱 속에 귀한 보물 같은 것을 훔쳐 간다는 것이었어. 평생 깔끔한 교직 생활에 무슨 대단한 보물이 있다고 훔쳐 간다는 소리? 처음엔 의심 수준이었지만 갈수록 노골적으로 며느리를 집에 들이지도 않았다네. 아들이 마침 구청 아동보호실 근무 중이라 정신과에 대한 상당한 지식이 있었어. 그렇지 않아도 혼자 사는 엄마가 걱정이라 아들 내외가 지극정성으로 돌보고 있는데 이게 무슨 날벼락인가. 아무래도 엄마 정신이 이상하다고 생각한 아들이 안 가겠다는 엄마를 설득해 겨우 입원시킨 거였어.

아침 콘퍼런스에 이 환자 이야기를 하면서 도대체 무엇을 도둑맞았는지 전혀 감이 안 잡힌다고 젊은 정신과 전공의가 황당한 표정을 짓더군. 토론이 진행되었으나 결론이 나지 않았어. 피해망상이란 진단을 내리고 토론이 종결될 즈음, 내겐 며느리가 무엇을 훔쳤는지 분명한 답이 있었어.

"어머님, 큰 걸 도둑맞았네요. 하나뿐인 귀한 자식을 훔쳐갔으니 여간 화날 일이 아니죠."

아! 그 말에 환자 표정이라니! 모든 것이 해결된 듯했다네. 긴 한숨을 내쉬더군. 그 한숨 속엔 참으로 많은 사연이 담겨 있었어.

당시엔 이웃에 있는 적십자 병원팀과 함께 콘퍼런스를 돌아가며 열었었다네. 그날 콘퍼런스를 마치고 나오면서 적십자 과장 송수식 박사가 한마디 던지더군. “이 박사가 오늘 책에도 없는 진단을 내렸습니다. 관록이 무섭네요.” 모두 돌아간 후 우리 젊은 전공의들이 입을 모아 송 박사의 예리한 코멘트에 감탄을 연발했지.

요양 병원에 나가 있는 동료들 이야기를 들어보면 나이 들면 도난에 관한 망상이 심해진다고 하더군. 나이가 들면 나이만큼 뭔가가 자꾸 빠져나가 허전한 느낌이 드는 것 같아. 쥐꼬리만 한 예금 통장도 자꾸 줄어들고 모든 게 떠나고 자기로부터 사라지는 것이 노년기지. 도난 망상은 망상이 아니라 어쩌면 환자에겐 절실한 삶의 문제가 아닌가 싶다네.

지금부터 그 허전한 마음을 의미 있는 일로 가득 채워보는 건 어떤가.

Q.
나이 들수록
불면증이 너무 심해집니다

어느 책이든 건강에 관련된 글에는 숙면에 관한 내용이 나온다네. 깊이 잘 자야 건강에도 좋고 병도 안 걸린다는 것. 숙면은 건강과 관련된 내용이면 어디든지 등장하는 숙제지. 그런데도 불행히 노인의 숙면은 오히려 이상 현상이야. 잠이 잘 안 오는 것이 나이 든 사람들의 수면이라네. 젊을 때처럼 잠이 깊게, 많이 오지 않는 건 나이들수록 자연스러운 현상이야. 잠이란 낮 동안의 활동으로 지친 심신의 휴식을 위해 취하는 거지. 나이 든 사람이 젊을 때처럼 활동해야 할 일이 있던가. 활동량과 수면량은 정비례한다네. 활동이 많으면 피로회복을 위해 그만큼 수면이 더 필요하고.

불면이면 우선 이 사실부터 이해해야 한다네. 아무리 깊이 숙면을 하는 사람도 밤잠 8시간 동안 4~5회의 수면 사이클이 있어. 보통 자는 동안은 4~5회 깨지. 그때 일어나 화장실도 가고. 베개만 베면 코를 골고 새벽까지 한 번도 깨지 않고 숙면을 하는 사람도 있지. 젊은 날 온종일 힘든 일을 하고 난 후, 혹은 등산하거나 하루 종일 운동을 한 날엔 누가 업고 가도 모를 만큼 숙면을 하지. 그러나 나이가 들수록 그런 날을 보낸다는 것이 생리적으로 있을 수 없고 잠이 절로 얕아질 수밖에 없어.

원래 인간은 대체로 90분을 한 주기로 신체활동 곡선에 오르내림이 있지. 아무리 명강의라도 90분 이상 들으면 주의가 산만해진다네. 휴식이 필요하단 증거지. 이 사이클은 밤낮 없이 24시간 계속된다네. 낮 동안에도 졸릴 때가 있고 그걸 용케 넘기면 다시 정신이 맑아지지.

나이 들수록 이런 패턴이 확연해지네. 잠을 잘 자지 못한다고 하지만 노인이 되면 깜빡깜빡 졸기를 잘한다네. 불면이라지만 그게 잠이야. 그런데도 예민하거나 감수성이 높은 사람은 불면증이라고 아주 죽을상을 짓지. 늦은 가을, 늦은 밤에 우수수 낙엽 지는 소리에 추적추적 비라도 내리는 밤이면, 이런 사람에게 잠이 올 리 없지. 별생각이 다 든다네. 아무리 자려고 몸부림

쳐도 그럴수록 잠은 더 멀리 달아나고 창밖에 내리는 가을비는 그칠 줄 모를 것이야. 아주 미칠 지경이 되지. 하지만 생각을 달리 해보게나.

'나는 이런 밤이 좋다. 그리 자주 있는 일도 아니다. 쓸쓸하고 외로운 생각도 든다. 밑도 끝도 없이 옛날 생각도 난다. 깊은 회상에 빠지기도 한다. 아! 얼마나 아름다운 밤인가.' 그래도 잠이 안 오면 일어나 책상에 앉아 글을 써보게. 그림을 그려도 좋아. 잘됐다. 자지 말자. 밀린 숙제나 하자. 잠이란 게 이상하지. 이런 마음이 들면 나도 모르게 스르륵 잠이 온다네. 이걸 수면 전문 용어로 '역설수면기법'이라 부른다네.

불면을 즐겨보게. 못 먹어 죽은 사람은 있어도 못 자서 죽은 사람은 없어. 그냥 가만히 있는 것만으로도 누워 있든 앉아 있든 훌륭한 휴식이 된다네. 내일 생활에 큰 지장이 없어. 건강 관련 책에서 타령하듯 하는 8시간 숙면은 젊은 사람에게 하는 이야기라네. 깜빡 잠도 잠이라네.

Q.
정신과 의사로서,
마음을 움직이는 힘은 무엇이라 생각하세요?

미국엔 주립정신병원이 있다네. 아주 대형 병원이라 보통 1,000병상 이상이지. 그리고 만성 병동도 많아. 2~3세대 걸쳐 함께 입원 생활하며 병원 밖을 나가본 적이 없다는 환자도 적지 않다네. 특별한 일이 없는 한 의사 구경도 못 한다네.

만성 병동에 새바람을 넣어야 한다는 운동이, 젊은 직원들의 혁명적 아이디어로 빛을 보게 된 사례가 있어. 정신병원에서 태어나 시내가 어떻게 생겼는지 모르는 환자를 데리고, 시내 구경을 한 것은 나도 가슴이 두근거리는 일이었다네. 그렇게 미국 주립병원 만성 병동의 환자들이 시내 구경을 하는 것이 일상이 되었지. 그 병동에 근무하는 간호조무사들도 대체로 나이가 많고 직무 수행도 기계적이었어. 하긴 특별히 할 일이 없었으니까. 환자 대부분이 약물에 취해 식사 후엔 의자에 앉아서 조는 것이 생활의 전부니까.

그런데 그중 한 간호조무사는 나이가 제법 들었는데 언제나 입술을 빨갛게 화장을 말끔히 하고 출근했지. 그게 예의라는 것이야. 다음날 시내 외출하는데 놀라운 일이 벌어졌다네. 그 간호조무사의 지도로 여성 환자들이 곱게 차려입고 화장까지 하고 나온 거야! 행여 이웃에 피해를 줄까 인적이 드문 시내 공원에 환자들을 풀어놓았어. 놀랍게도 병원에 있을 때와는 전혀 다르게 꽃밭에 나비를 따라가거나 그네도 타는 등 환자들의 표정부터가 매우 달랐어. 좀 더 많은 환자가 참여했으면 싶은 아쉬움이 컸지.

그 간호조무사에게 어떻게 환자를 설득했느냐고 물었어. 왜냐하면 만성 병동 환자들은 면회를 오는 사람도 거의 없고 앉아 조는 일 외에 병동에서 실시하는 집단치료 활동에 거의 참석하지 않기 때문이지. 특히 나이 든 환자는 거의 활동하지 않거든. 너무 소극적이고 완고하다네. 뭔가를 해볼 의욕도 없지. 그러나 이 간호조무사가 한 사람 한 사람 면담하며 무엇이 하고 싶은지를 물어본 거야.

'아! 좋아요. 그렇게 해봅시다.'

처음으로 자기에게 개인적이고 따뜻한 인간애로 대하는 것에 환자들의 마음이 움직인 거였다네. 초밥이 먹고 싶다는 사람, 해수욕을 가자고 조르는 90세 할아버지도 있었지. 전혀 응하지도, 움직이지 않을 것 같던 환자들이 아주 밝은 표정으로 그녀의 초대에 응하기 시작한 거야.

미국 사람은 집단으로 뭘 하는 것을 좋아하지 않아. 워낙 개인주의 사회에서 자란 탓인지 단체 행동을 하는 데는 반발과 저항이 크지. 그러나 개별적인 초청에는 쉽게 응한다네. 그들의 욕구가 커지면서 시내에 나가는 버스가 점점 바빠졌다네. 만성 병동에 새바람이 불기 시작한 거야. 태풍이 불어도 움직임이 없을 듯한 환자들이 때로는 웃음꽃이 피는 등, 병실 분위기가 완전히 바뀌었어. 식당에서 남녀 환자가 가까이 앉는 등 사교 생활도 적극적으로 시작되었지. 한 사람의 따뜻한 정이 얼어붙은 만성 정신병 환자의 마음을 움직인 것이었어. 미국엔 '정'이란 말이 따로 없다네. 그러나 정은 있어. 마음과 마음이 통한다는 건 어떤 인간 사회나 예외 없이 존재하지.

우리는 문화 기행 때 원시림 속의 원시 마을을 방문하기도 했었어. 좀 끔찍한 이야기 하나 할까? 우리는 식인종이라면 가장 야만인으로 취급하지. 그러나 아마존 밀림의 원시 부락에 가뭄이 들거나 먹을 것이 없을 땐, 나이 든 노인이 자기 몸을 먹거리로 내놓는다네. 굶주림 때문에 후손이 끊기지 않게 하기 위해서지. 이보다 더 훌륭한 인간애가 또 있을까?

제2부 ——— 진짜 공부는 이제부터 시작이네

불행을 만드는 것은
상황이 아니라
마음가짐이야

요즘 사는 게 좀 팍팍하다 싶지 않나? 나도 세상을 오래 살다 보니, 어딜 가든 한숨 쉬는 사람들을 자주 보게 된다네. "사는 게 힘들다." "왜 나만 이렇게 운이 없을까?" "도대체 언제쯤 나아지려나?" 하는 말을 들으면 참 안타까운 마음이 들어. 그런데 말일세, 과연 자네들이 말하는 그 불행이라는 것이 정말로 외부 환경 때문일까?

사람들은 흔히 돈이 많으면, 좋은 직장에 다니면, 건강하면 행복할 거라 믿는다네. 하지만 내가 살아보니, 그게 꼭 정답은 아니었어. 세상에는 돈이 차고 넘쳐도 허전한 사람이 있고, 남들이 부러워할 만한 직업을 가지고도 괴로운 사람이 있더군. 반대로 가진 것 없이도 기분 좋게 살아가는 사람들도 있다네. 이 차이가 어디에서 오는지 아나? 바로 마음가짐에서 오는 것이지. 같은 상황도 어떻게 받아들이느냐에 따라 전혀 다르게 보이거든. 결국 불행을 만드는 건 상황이 아니라, 자네들의 생각하는 방식이라는 걸 명심해야 하네.

▌외부 환경이 행복을 결정짓는 게 아니라네

어디 한번 생각해보세. 살면서 이런 말을 해본 적이 있을 거야. "내가 돈만 많았어도… 좋은 대학을 나왔더라면… 더 좋은 직장에 다녔다면… 내 인생이 좀 나아졌을 텐데."

하지만 과연 그런가? 미국 하버드대에서 진행한 연구가 있는데, 복권에 당첨된 사람들과 사고로 장애를 입은 사람들의 행복도를 장기적으로 조사했다네. 당연히 처음에는 복권 당첨자들이 기뻐했고, 사고를 당한 사람들은 우울했지. 하지만 1년이 지나고 보니 놀라운 일이 벌어졌어.

복권에 당첨된 사람들은 시간이 지나면서 행복도가 다시 원래 수준으로 내려갔고, 사고를 당한 사람들은 다시 이전과 비슷한 행복 수준으로 돌아오더군. 이게 무슨 뜻인지 아나? 결국 행복은 우리가 처한 환경이 아니라, 그걸 어떻게 받아들이느냐에 달려 있다는 거야.

돈이 많아져도, 좋은 집에 살아도 시간이 지나면 그것에 익숙해지고, 처음 느꼈던 행복감은 사라지기 마련이라네. 반대로 사고를 당하거나 힘든 일을 겪어도 인간은 적응을 하면서 다시 마음의 평정을 찾아가게 되지. 그러니 "내가 지금 불행한 건 환경 때문이야."라고 말하는 건, 반은 맞고 반은 틀린 소리라네. 행복이란 결국 마음속에서 만들어지는 것이니까 말이야.

같은 상황, 다른 감정

같은 상황에서도 어떤 사람은 불행을, 어떤 사람은 기쁨을 느끼는 걸 본 적이 있나?

출근길 교통체증, 매일 겪지 않나? 도로가 막히면 어떤 사람은 짜증을 내면서 "아, 또 지각이네! 도대체 이 나라 교통은 왜 이 모양이야!" 하며 씩씩거리고, 또 어떤 사람은 "그래도 이렇게 편한 차 안에서 음악 들으며 갈 수 있으니 다행이지. 걸어서 출근하는 것보단 낫잖아." 하며 여유를 갖는다네. 똑같은 차 안에서, 똑같은 정체를 겪고 있는데, 한 사람은 스트레스에 찌들고, 다른 사람은 감사한 마음을 느끼는 거야. 이 차이가 뭘까? 바로 마음가짐에서 오는 거라네.

이런 경우도 있지. 직장에서 상사한테 혼이 났다고 해보세. 한 사람은 "아, 난 정말 무능한가 봐. 이제 끝장이야." 하며 풀이 죽고, 또 다른 사람은 "그래, 내가 부족한 점을 보완하면 되겠군. 좋은 경험이야." 하며 성장의 기회로 받아들인다네. 같은 사건인데도, 한 사람은 불행을 선택하고, 다른 사람은 배움을 선택하는 거야. 자네들은 어떤 사람이 되고 싶은가?

중년,
변화 속에서도
행복을 찾는 법

50세를 넘기면 인생의 흐름이 확 바뀐다네. 정년이 다가오고, 자식들은 집을 떠나고, 몸도 예전 같지 않지. 이때 많은 사람들이 허전함을 느끼고, 때론 우울해지기도 한다네. '나는 이제 끝인가?' '내가 쓸모없는 사람이 된 걸까?' 이런 생각이 들 수도 있겠지. 하지만 말이야, 이 변화를 어떻게 받아들이느냐에 따라 남은 인생이 달라질 거라네.

일본에서는 '세컨드 라이프'라는 말을 자주 쓰지. 퇴직 후에 새로운 삶을 시작하는 개념이라네. 여행을 다니며 새로운 곳을 경험하고, 그동안 배우고 싶었던 걸 시작해보는 거야. 은퇴를 끝이라고 생각하는 사람은 점점 위축되고, 새로운 시작이라고 생각하는 사람은 두근거리는 기대감에 차게 된다네. 그러니 이 시기를 불안해하지 말고, 새로운 삶을 계획해보게나. 삶이 끝난 게 아니라, 새로운 막이 열린 것뿐이라네.

행복한 마음가짐을 위한 세 가지 연습법

그럼, 행복한 태도를 가지려면 어떻게 해야 할까? 실천할 수 있는 세 가지 방법을 알려줄 테니 꼭 해보게나.

1. '나는 운이 좋은 사람이다'라고 생각하기

불행한 사람들은 늘 '왜 나만 이래?'라고 생각하지만, 행복한 사람들은 "그래도 다행이야."라고 말한다네. 비 오는 날, "왜 하필 오늘 비가 오나?"라고 불평하는 대신, '그래도 농사짓는 사람들에겐 좋은 일이겠지.'라고 생각하는 거지.

2. 감사 일기를 써보기

자기 전에 오늘 하루 감사했던 일을 세 가지씩 적어보게. "오늘 날씨가 좋았구나." "맛있는 밥을 먹었네." "좋아하는 음악을 들었어." 하루하루 감사한 일들을 찾다 보면 점점 더 행복을 잘 느끼게 된다네.

3. "괜찮다"라고 스스로에게 말하기

실수나 실패를 했다고 너무 자책하지 말게. "괜찮아, 누구나 그럴 수 있어. 다음엔 더 잘하면 되지." 이렇게 스스로를 다독이는 습관을 들이면 어떤 상황에서도 쉽게 무너지지 않는다네.

인생을 살다 보면 예상치 못한 일이 생기기 마련이라네. 하지만 그걸 불행으로 만들지, 성장의 기회로 만들지는 마음가짐에 달려 있어. 이제부터라도 불평하는 대신 감사하는 습관을 들여보게. 마음을 바꾸는 순간, 세상은 전혀 다른 곳으로 보일 거야. 나도 젊었을 땐 몰랐지만, 이게 정말 중요한 진리라는 걸 깨닫게 되더군. 그러니 오늘부터라도 행복한 선택을 해보게나. 그게 곧 남은 인생을 바꾸는 첫걸음이 될 테니까.

'멈춤의 기술'도 배워야 하네

달려가기만 하면 결국 지쳐버린다네

젊을 때는 한 번이라도 쉬면 뒤처질까 봐 앞만 보고 달려오지 않았나? 밥 먹는 시간도 아까워서 대충 때우고 손에서 핸드폰 놓을 새 없이 바쁘게 살아왔을 거야. 목표가 정해져 있으면 그 끝을 향해 끊임없이 질주하는 것이 당연하다 생각했을지도 모르지. 하지만 그렇게 달리기만 해서는 결국 지쳐버리고 마네.

옛날 한 젊은 스님이 고승을 찾아가서 물었다네. "저는 다른 스님들보다 두 배는 더 수행을 하겠습니다. 그러면 깨달음을 얻기까지 얼마나 걸릴까요?" 그러자 고승이 대답했지. "그렇다면 20년이 걸리겠네." 더 열심히 한다고 더 빨리 도달할 수 있는 것이 아니란 걸 깨닫게 하는 말이지.

사람도 그래. 기계가 아니거든. 아무리 빠르게 움직여도 멈추고 충전하지 않으면 결국 고장이 나고 말아. 우리가 사는 이 시대는 모든 것이 빠르게 돌아가네. 전화 한 통이면 모든 일이 해결되고, 인터넷 검색 몇 번이면 세상의 지식이 내 손안에 들어오지. 하지만 그렇게 정보가 넘쳐난다고 해서 우리가 정말 더 현명해졌나?

쉰다는 건 사치가 아니네. 꼭 필요한 거지. 그런데 우리는 언제부턴가 쉬는 걸 죄악시하게 되었어. "고지가 저기야, 조금만 더 가면 돼." 그렇게 자신을 다그치다 보면 어느새 가쁜 숨을 몰아쉬며 지쳐 있는 자신을 발견하게 되네. 그렇게 지쳐버리면 그때 가서야 후회하게 되는 거야. "그때 조금 쉬어둘걸…." 하고 말이야.

멈추지 않으면 잃어버리는 것이 많아진다네

너무 바쁘게 살아가느라 놓쳐버린 것은 없나? 풍경도, 사람도, 그리고 무엇보다도 자기 자신 말일세. 하루하루를 성공을 향해 달려가느라, 정작 지금 이 순간을 온전히 즐길 줄 모르게 되었지. 살아온 길을 돌아보면 알겠지만, 항상 목표를 정하고 그걸 향해 매진하는 것이 성공의 길이라 배워왔을 걸세. 멀티태스킹을 잘하는 것이 유능한 사람의 덕목이고, 바쁜 삶이 곧 생산적인 삶이라고 믿으며 살아왔지. 하지만 그렇게 살아가면서 가장 먼저 잃어버리는 것이 무엇인지 아나? 바로 여유라네.

조금만 더, 조금만 더 하다 보면 어느 순간 주변을 둘러볼 틈도 없이 앞만 보게 되네. 지금 어디에 서 있는가? 이만큼 올라온 것도 대단한 일 아닌가? 가끔은 걸음을 멈추고, 밑을 내려다보는 것이 중요하다네. '이제까지 참 잘 걸어왔구나.' 하고 스스로를 토닥이는 시간이 필요한 거지. 쉼 없이 달려온 사람들이 남보다 빠르게 정상에 도착할 수 있을지 몰라. 하지만 문제는 말이야, 그 정상에 도착한 후에도 여전히 마음이 허전하고 공허하다면? '내가 이렇게까지 열심히 달려왔는데, 이게 다인가?'라는 생각이 들지도 모른다는 것일세.

지금이라도 늦지 않았어. 멈추게. 그리고 자기 자신을 돌아보게. 지금 내가 제대로 가고 있는지, 내가 정말 원하는 방향으로 가고 있는지.

▌지금, 여기, 이 순간을 살아가게나

우리는 항상 미래를 걱정하며 살아왔지. "지금 조금만 더 참으면 더 나아질 거야." "이 고비만 넘기면 행복할 거야." 하지만 그렇게 미래를 위해 현재를 저당 잡히다 보면 정작 중요한 오늘을 놓치고 마네. 지금 이 순간, 자네들의 삶은 어떤가? 일에 치여 가족과 제대로 된 대화를 나눠본 적이 언젠지 기억나나? 바쁜 일정에 떠밀려 친구와 차 한잔 마실 여유도 없이 지나쳐버린 적은 없었나?

지금 중년에게 가장 필요한 것은 멈춤의 기술이라네. 멈출 줄 아는 사람이야말로, 자기 삶을 온전히 살아가는 사람이니까. 멈추고, 돌아보고, 그 자리에서 스스로를 격려하게. 그리고 눈을 들어 주변을 둘러보게. 그토록 원했던 행복은 저 멀리 있는 것이 아니라, 바로 지금 이 순간 속에 있다네.

"내가 이렇게 걸어갈 수 있다는 것만으로도 감사하구나."

"내가 지금 숨 쉬고 살아 있다는 것이 참 축복이구나."

이런 마음으로 살아갈 때, 비로소 세로토닌이 몸속에 흐르게 될 걸세. 지금 가는 길이 전쟁터처럼 느껴질 수도 있겠지. 하지만 그럴수록 천천히, 여유를 가지고 걸어가보게. 목표를 향해가는 것도 좋지만, 그 길 위에서 만나는 작은 행복들을 놓치지 않는 게 더 중요하다는 걸 기억하게.

Because we will never be here again.
우리는 지금 이 순간으로 다시는 돌아올 수 없다네.
그러니, 오늘을 제대로 살아가게나.

80세가 되면
당신은 어디서
무엇을 하고 있을까?

▮ 나이는 숫자에 불과하네, 중요한 것은 태도일세

80세가 되면 어디서 무엇을 하고 있을 것 같나? 허리가 굽고, 무릎이 성치 않아서 병원과 집을 오가는 모습이 떠오르나? 아니면 자네만의 새로운 꿈을 이루며 활기차게 살아가는 모습인가?

예전 같으면 환갑만 넘겨도 "이제 살 만큼 살았구나." 하며 마음을 내려놓는 경우가 많았지. 하지만 이젠 세상이 바뀌었어. 65세에 세일즈 여행을 떠나 KFC를 창업한 할랜드 샌더스Harland David Sanders를 보게. 70세에 발바리 수도꼭지를 개발한 김예애 씨도 있네. 이런 사람들이 특별한 천재라서 저런 성취를 이뤘다고 생각하나? 천만에! 그들은 나이를 문제 삼지 않고 끝없이 도전했기에 그런 결과를 만들어낸 거라네.

혹여, 이제 나이가 들었다고 해서 "나는 할 수 없다."라며 스스로를 움츠러들게 만들고 있지는 않나? 나이는 숫자일 뿐이라네. 중요한 것은 태도야. '난 이제 늙어서 안 돼.'라고 생각하는 순간부터 정말 그렇게 되는 거야. 늙는다는 건 몸이 아니라 마음에서부터 시작된다네. 내가 지금도 이렇게 건강하게 일하고 있는 이유가 뭔지 아나? 바로 계속 배우고 도전하기 때문이야. 나는 매일 새롭게 배우고, 새로운 도전을 멈추지 않는다네.

"나이는 많지만, 아직 할 수 있는 일이 있다."는 태도로 살아가고 있나? 아니면 "이 나이에 뭘." 하며 주저앉아 있나? 늦었다고 생각할 때가 가장 빠른 법이라네. 나이 탓하지 말고, 새로운 목표를 세우고 앞으로 나아가게.

▮ 건강한 삶이란 단순히 오래 사는 것이 아니네

오래 살고 싶나? 하지만 단순히 오래 사는 것이 중요한 게 아니라네. 중요한 것은 어떻게 살아가느냐라네.

요즘 병원에 가보면 무기력하게 침대에 누워서 연명치료를 받으며 겨우 숨만 쉬고 사는 사람들이 많다네. 그런 모습으로 여생을 보내고 싶은가? 나도 언젠가는 죽겠지만, 적어도 나는 마지막 순간까지 내 삶을 주도적으로 살아가고 싶어.

건강한 삶이란 단순히 병 없이 오래 사는 것이 아니야. 정신적으로도, 육체적으로도 활기차게 살아가는 것이 건강한 삶이라네. 80세, 90세까지 살면서도 자기계발을 멈추지 않고, 삶을 주체적으로 살아가는 것이야말로 진짜 건강한 삶이지.

운동을 하고, 건강을 챙기는 것도 물론 중요해. 하지만 가장 중요한 것은 정신적인 건강이라네. 배우는 것을 멈추지 말게. 나이가 들수록 새로운 것을 익히고, 새로운 도전에 나서는 것이야말로 젊음을 유지하는 길이야.

몸은 늙었을지 몰라도, 마음만큼은 젊게 유지해야 한다네. 건강은 몸과 마음이 함께 가는 법. 운동도 하고, 책도 읽고, 새로운 취미도 가져보게. 그러면 나이가 들어도 여전히 건강하고 활기차게 살아갈 수 있다네.

▮ 남은 인생, 당당하게 개척해나가게나

나이가 들어서도 여전히 삶에 최선을 다하고 싶지 않나? 남들이 "이제 쉴 때가 됐다."라고 할 때, 오히려 더 힘차게 나아가는 것이야말로 진짜 멋진 인생이야. 남들이 쉬는 나이에 새로운 목표를 세우고, 새로운 일을 시작하는 것이야말로 멋진 인생이라네.

무엇이든 할 수 있다네. 작은 사업을 시작해도 좋고, 봉사활동을 해도 좋고, 새로운 학문을 공부해도 좋네. 중요한 것은 주저앉아 있지 않는 것이라네.

나는 여전히 배우고, 도전하고 있어. 나이가 많다고 해서 할 수 없는 것이 아니라네. 80세, 90세가 되어서도 당당하게 "나는 지금도 살아 있다!"라고 외칠 수 있도록, 지금부터 미리 준비하게나. 미래를 두려워하지 말고, 인생의 마지막까지 최선을 다해 살아가게나. 그것이야말로 진짜 건강한 삶, 그리고 행복한 삶이라네.

나이 들어 하는 공부가 더 잘되는 이유

나이 들어 하는 공부, 젊은 날의 후회를 덜어주네

한 번쯤 이런 생각을 해본 적이 있을 거야. '그때 공부 좀 더 해둘걸.' 학창 시절엔 공부가 그렇게 싫었지. 시험을 위한 공부, 부모님의 잔소리 속에서 억지로 하는 공부였으니 말이야. 하지만 막상 세상을 살아보니, 공부가 곧 경쟁력이었고, 성공을 위한 필수 요소였다는 걸 깨닫게 되지 않던가?

나이가 들면서 점점 더 공부의 필요성을 느끼지 않나? 승진이든 이직이든, 새로운 취미든 결국 무언가를 배우지 않고는 앞으로 나아갈 수 없다는 사실을 뼈저리게 느끼게 되지. 누구도 공부하라고 강요하지 않지만, 스스로 책을 집어 들고, 강의를 찾아보고,

새로운 것을 배우고 싶어지지 않나?

왜 그럴까? 바로 절실함 때문이야. 나이 들어 하는 공부는 젊은 날과는 다르네. 생존이 걸린 문제일 수도 있고, 삶의 질을 높이기 위한 선택일 수도 있어. 하지만 무엇보다도, 이제는 공부가 곧 삶의 즐거움이 될 수도 있다는 사실을 알게 되는 것이지.

"그때 좀 더 배워둘걸." 하는 후회를 덜기 위해, 지금이라도 다시 배워보는 게 어떤가? 100세 시대라네. 이제 겨우 중간쯤 살아왔어. 공부를 시작하기에 결코 늦은 때가 아니지. 지금부터의 배움이, 앞으로 남은 삶을 더욱 풍요롭게 만들 것이네.

▮ 창의적인 공부가 진짜 재미있는 공부라네

학창 시절의 공부는 오로지 시험을 위한 공부였지. 교과서에 적힌 내용을 달달 외우고, 시험 날 OMR 카드에 정답을 체크하는 것, 그게 전부였네. 하지만 지금은 다르지. 이제 하는 공부는 실제 삶에서 곧바로 써먹을 수 있는 공부라네.

새로운 언어를 배우는 것도 그렇고, 요즘 유행하는 IT 기술을 익히는 것도 그렇네. 예전엔 영어 단어 하나 외우기도 힘들었는데, 요즘은 외국인과 자연스럽게 대화할 수 있는 날이 오기도 하더군. "이게 다 뭐야?" 싶던 스마트폰 기능들도 이제는 공부해보면 그렇게 편리할 수가 없지 않나?

그뿐인가. 읽는 책 한 권이 인생의 문제를 해결해주는 단서가 될 수도 있어. "아, 그래서 그랬구나!" 하며 무릎을 치는 순간, 공부의 재미는 배가 되는 법이지.

예전에는 그저 점수를 잘 받기 위해서 공부를 했다면, 이제는 실생활과 연결시키면서 배우는 즐거움을 알게 된다네. 지금 배우는 모든 것들이 결국은 삶을 더 편리하고, 더 풍요롭게 만들어줄 것이야. 배움에는 끝이 없다네. 그리고 진짜 공부의 재미는 이제부터 시작이라네.

▮ 늦었다고? 천만에! 지금이 가장 좋은 때라네

이런 말을 들어본 적이 있겠지. "공부도 때가 있다." 맞는 말이기도 하고, 틀린 말이기도 하네. 어릴 때는 머리가 말랑말랑하니 암기도 잘되고, 습득도 빠르지. 하지만 그때는 세상의 이치를 모를 때라네.

나이 들어 하는 공부는 다르지. 이미 살아온 경험이 쌓였기에 무작정 외우는 게 아니라, 스스로 이해하고 응용하는 능력이 생겼어. 이게 바로 나이 들어 하는 공부가 더 잘되는 이유라네.

게다가 이제는 공부를 방해하는 요소들이 적지 않은가? 학창시절에는 부모님이 시켜서 억지로 했고, 시험 날짜가 정해져 있어 부담도 컸지. 하지만 이제는 원하는 대로 공부할 수 있다네.

배우고 싶은 걸 배우고, 하고 싶은 공부를 할 수 있는 지금이야말로, 가장 좋은 때가 아닐까?

세상은 변했네. 나이가 들어도 새로운 도전을 하는 시대라네. '이제 늦었어.'라고 생각하는 순간, 진짜 늦어지는 거라네. 늦었다고 포기하지 말게. 지금이야말로, 진짜 배움의 시작이라네!

뇌를 움직이는 마음의 힘

▌세상을 보는 눈, 결국 마음이 결정한다네

같은 풍경을 보는데도 어떤 이는 "참 아름답구나." 하고 감탄하고, 또 어떤 이는 "나만 빼고 다들 행복해보이는군." 하고 한숨을 쉬지. 같은 장소, 같은 시간, 같은 하늘 아래서도 마음이 다르면 세상을 바라보는 눈도 달라지는 법이라네.

버지니아 울프의 소설 속 댈러웨이 부인은 런던의 거리가 전쟁의 어수선함에서 벗어나 평화를 맞이하던 순간, 이렇게 말했네. "삶, 런던, 그리고 이 순간의 유월." 이 말 한마디에 얼마나 많은 감정이 담겼는지 아는가? 우리는 지금 이 순간, 태양이 찬란히 빛나는 세상을 살고 있지 않은가? 하지만 마음이 울적하면 이 아름다운 계절도 아무 의미가 없지.

마음이란 참으로 묘한 것이네. 기쁨과 감탄으로 가득한 사람에게는 세상이 아름답지만, 실의에 빠진 사람에게는 세상이 그저 우울하고 삭막할 뿐이네. 결국 우리가 어떤 시선으로 세상을 바라보느냐에 따라, 세상은 그 모습을 달리하는 법이지.

한번 연습해보게. 아침에 눈을 뜰 때, "오늘도 살아 있구나, 참 다행이다." 하고 말해보는 건 어떤가? 차 한잔을 마시면서 "이 향긋한 향이 참 좋군." 하고 느껴보게. 우리가 내뱉는 말과 생각이 우리의 감정을 바꾸고, 그 감정이 결국 우리의 현실을 만드는 법이라네.

말이 곧 마음을 만든다네

혹시 갓 태어난 아기에게 "사랑해."라고 말해본 적이 있는가? 신기하게도 아기는 그 말을 듣고 편안한 표정을 짓지. 단어를 이해할 리가 없는데도 말일세. 그게 무엇 때문일까? 바로 말 속에 담긴 마음의 울림 때문이라네.

이것은 어른에게도 다르지 않다네. "사랑해." "고마워." "행복해." 같은 말은 우리가 내뱉을 때마다 뇌에 새겨지고, 우리 감정을 변화시킨다네. 그러니 진정 행복을 원한다면, 행복한 말을 자주 해야 하지 않겠는가?

반대로 매일 "짜증 나." "힘들어 죽겠네." "되는 일이 없어." 같은 말을 입에 달고 사는 사람은 어떨까? 결국 그 말이 현실이 되어버리는 법이지. 우리가 하는 말이 곧 우리 삶을 결정하는 거라네.

그래서 나는 당부하고 싶네. 좋은 말을 하고, 좋은 생각을 하게. 처음에는 억지로라도 해보게. "오늘도 참 좋은 날이군." "이 순간이 참 감사하네." 같은 말들을 매일 되뇌어보게. 처음에는 어색하겠지만, 어느 순간 마음이 달라지는 걸 느낄 걸세.

그리고 한 가지 더. 우리가 하는 말이 자신에게만 영향을 미치는 게 아니라, 주변 사람들에게도 전파된다는 걸 기억하게. 그러니 가족에게, 친구에게, 동료에게도 좋은 말을 많이 해주게. 그게 곧 행복을 키우는 길이라네.

지금 이 순간, 삶을 온전히 느껴보게

나는 예전에 위암 수술을 받은 유명한 외과의사를 찾아간 적이 있어. 그런데 정작 수술을 받고 보니 암이 아니라 만성 위염이었다는 것이 아닌가. 그는 수술 후 요양을 하면서 맨발로 마당 잔디를 밟고 태양을 쬐고 있더군. 그래서 내가 물었지.

"이보게, 무슨 생각을 하고 있나?" 그가 웃으며 대답하더군. "이렇게 내 발로 땅을 딛고 서 있다는 것, 온몸으로 햇볕을 받을 수 있다는 것, 산다는 게 이렇게 큰 기쁨이라는 걸 미처 몰랐네."

이 말을 듣고 나는 깊이 깨달았어. 행복이란 멀리 있는 게 아니었어. 우리가 당연하다고 여기는 것들이 사실은 얼마나 큰 축복인가. 우리가 숨을 쉴 수 있다는 것, 두 다리로 걸을 수 있다는 것, 따뜻한 햇볕을 느낄 수 있다는 것. 이 모든 것이 얼마나 소중한 것인가? 하지만 우리는 바쁘게 살다 보면 이 당연한 것들의 가치를 잊고 지내지.

내가 바라는 것은 단 하나라네. 지금 이 순간을 온전히 느끼게. 커피 한잔을 마실 때, 그 향을 깊이 음미하고, 길을 걸을 때 스치는 바람을 만끽해보게. 하늘을 올려다보며 구름이 흐르는 모습을 감상해보게. 이 모든 순간이 곧 행복이라네. 그리고 우리가 이런 순간들을 소중히 여길 때, 우리의 뇌는 점점 더 행복해지는 법이지.

그러니 바쁘다고 정신없이 살아가지 말게. 가끔은 멈춰 서서 지금 이 순간을 온전히 느끼게. 아마도 그 순간 삶의 환희에 벅차 걸음을 멈추고 감탄하게 될 거야.

지금
당신의 체온은
몇 도인가?

▌체온이란 곧 생명, 나는 몇 도로 살고 있나?

여름이 오면 사람들은 시원한 것만 찾는다네. 카페를 가보면 온통 아이스커피, 빙수 등 얼음 가득한 음료들로 넘쳐나지. 그런데 나는 그런 모습을 보면 걱정부터 앞서더군. 시원한 음료수를 들이붓고, 에어컨 빵빵한 실내에서 몸을 식히는 것이 과연 건강에 좋을까?

건강한 사람의 체온이 몇 도인지 아는가? 정상 체온은 36.5~37.1°C라네. 그런데 체온이 1도만 내려가도 면역력이 30%나 떨어진다네. 그게 무슨 뜻인지 아는가? 몸이 차가워지면 혈액순환이 둔해지고, 신진대사가 느려지며, 면역력이 저하된다는 거지. 면역력이 떨어지면 사소한 감기 하나도 심각한 병으로 발전할 수 있다네.

한여름에 아이스크림을 퍼먹고, 찬물을 벌컥벌컥 들이켜며 "이제 좀 살 것 같네!" 하고 외치는 사람들, 조심해야 하네. 특히 중년 이후가 되면 기초대사량이 떨어져서 체온 조절 능력이 젊을 때와 같지가 않아. 체온이 낮아지면 몸의 효소 활동도 둔해지고, 신진대사도 느려지니 각종 질병이 생길 가능성이 높아지는 것이지.

여름이라고 무조건 몸을 식히는 것이 정답이 아니네. 때로는 따뜻한 물을 마시고, 몸을 덥혀서 체온을 유지하는 것이 건강을 지키는 길이야. 무쇠도 씹어 먹을 팔팔한 20대라면 모를까, 나이가 들면 '이열치열以熱治熱'의 지혜를 실천하는 것이 좋다네.

스트레스가 체온을 낮춘다네

체온을 떨어뜨리는 또 하나의 주범이 있으니, 바로 스트레스야. 혹시 긴장하거나 불안할 때 손발이 차가워지는 경험을 해본 적 있나? 스트레스를 받으면 자율신경계가 교란되고, 호르몬 균형이 깨지면서 체온이 떨어지게 된다네.

사무실에서 일하는 여성 중에는 여름철에도 손발이 차가운 사람이 많지. 왜 그런가 하면 하루 종일 에어컨 바람을 쐬면서 스트레스를 받기 때문이야. 스트레스를 많이 받으면 교감신경이 과활성화되면서 혈관이 수축하고, 결국 체온이 내려가게 되는 거라네.

체온을 유지하려면 '세로토닌적인 삶'을 살아야 한다네. 그중에서도 가장 중요한 것이 바로 '수면의 질'이야. 밤에 더워서 잠이 오지 않는다면 미지근한 물로 가볍게 샤워한 뒤 선풍기 바람을 다리 쪽으로 약하게 틀어두게. 그리고 잠들기 전에는 카페인 섭취를 피하는 것이 좋다네. 카페인은 교감신경을 자극해서 체온을 더욱 낮추는 역할을 하거든.

스트레스를 줄이고, 마음의 여유를 가지는 것이야말로 체온을 지키는 최고의 방법이라네. 그러니 무엇이든 긍정적으로 생각하고, 삶의 속도를 조금 늦춰보게. 여유로운 마음이 결국 몸을 따뜻하게 만들어줄 것이네.

체온 1도를 올리는 것이 곧 건강을 지키는 길이라네

체온을 올리면 몸에 어떤 변화가 일어나는지 아는가? 체온이 1℃만 올라가도 혈액순환이 원활해지고, 면역력이 500~600% 증가하네. 혈액이 잘 돌면 장의 연동운동도 활발해져서 변비가 개선되고, 심지어 대장암 예방 효과까지 있다네.

체온을 올리는 방법은 크게 두 가지가 있어. '매일 한 번씩 체온을 올리는 것'과 '항상 높게 유지하는 것'이라네. '매일 한 번씩 올리는 방법'은 아침마다 30분 정도 걷고, 자외선이 강하지 않은 시간에 햇볕을 쬐고, 따뜻한 물을 자주 마시는 거야. 자기 전에 41°C 정도의 따뜻한 물로 목욕하는 것도 효과가 아주 좋다네.

'항상 높게 유지하는 방법' 중 하나는 근육 운동이야. 근육이야말로 우리 몸에서 열을 만들어내는 중요한 공장이지. 꾸준히 근육을 단련하면 신진대사가 활발해져서 체온 유지에 큰 도움이 되네.

"더운데 무슨 운동이냐?" 하고 코웃음을 치는 사람들도 있겠지. 하지만 더운 날이라고 집에만 틀어박혀 있으면 오히려 몸이 더 나른해지고 기초대사량이 떨어진다네. 그러니 더울수록 가벼운 스트레칭이라도 하고, 몸을 움직이도록 하게.

우리는 조상들의 지혜를 다시금 떠올려야 한다네. 여름철에도 따뜻한 차를 마시고, 땀을 흘리며 건강을 유지하는 것이 바로 이열치열의 철학이지. 현대인들은 너무나도 쉽게 시원한 것들에 의존하고, 몸을 차갑게 만드는 습관에 젖어 있어. 그게 장기적으로는 건강을 해치지.

이제부터라도 자신의 체온을 신경 써보게. 지금 내 몸은 몇 도인가? 몸이 차갑지는 않은가? 체온이 곧 건강이야. 건강을 지키려면 체온을 올리는 것이 먼저일세. 그리고 그 첫걸음은 몸을 따뜻하게 하고, 마음을 따뜻하게 가지는 것이라네.

내 마음과
영혼의 힐링,
명상

현대인에게 명상이 필요한 이유

세상은 참 빠르게 변하고 있다네. 서울에서 부산까지 한 시간이면 갈 수 있어. 스마트폰만 봐도 그렇지. 어디서든 인터넷에 접속할 수 있어. 문명은 발전했지만, 사람들의 마음은 편해졌는가? 아니지. 오히려 더 힘들어졌지.

학교폭력, 왕따, 대학 입시, 취업난, 치열한 경쟁, 노후 대책, 경제 불황…. 이런 고민 속에서 살아가고 있지 않나? 한국이 OECD 국가 중 자살률 1위를 기록한 지 벌써 몇 년이 지났어. 이게 무슨 의미겠나? 사람들은 점점 더 고통받고 있고, 행복은 멀어져가고 있다는 거지.

'힐링'이란 말을 많이 하지 않나? 사람들은 저마다 치유를 원하고 있다네. 어떤 이는 독서를 통해, 또 어떤 이는 수다를 통해 마음을 달래지. 하지만 가장 근본적인 치유법이 뭔지 아는가? 바로 명상이라네. 명상의 영어 단어인 meditation과 치료를 의미하는 medicine의 어원이 같다는 것, 알고 있었는가? 오래전부터 명상은 몸과 마음을 치유하는 방법으로 쓰여왔어.

특히나 명상을 습관화하면 자연치유력이 높아지고, 삶이 더욱 풍요로워진다네. 지금 뭔가에 쫓기듯 바쁘게 살고 있다면, 어디로 가고 있는지도 모른 채 하루하루를 힘겹게 버티고 있다면, 명상이야말로 가장 필요한 것일 거야. 잠깐이라도 눈을 감고 깊은 숨을 들이쉬어 보게. 지금, 바로 이 순간을 온전히 느끼는 것이 명상의 시작이네.

▌명상이 가져오는 놀라운 변화

명상을 하면 좋은 점이 참 많네. 그중에서도 몇 가지를 이야기해주지.

첫째, 스트레스 해소에 큰 도움이 된다네. 사람이 스트레스를 받으면 부정적인 감정을 조절하는 전전두엽의 기능이 약해지고, 스트레스 호르몬인 코르티솔이 과도하게 분비된다네. 하지만 명상을 하면 전전두엽이 활성화되면서 부정적인 감정을 다스릴 수 있게 되지.

둘째, 집중력 향상에도 명상이 탁월하다네. 명상은 기본적으로 마음을 한곳에 집중시키는 훈련이지. 그렇다 보니 자연스럽게 잡념이 사라지고, 집중력이 높아지는 거라네. 학생들이나 직장인들에게 아주 유용하지. 실제로 명상을 할 때 뇌파 중 알파파와 세타파가 증가하는데, 이게 바로 집중력과 창의력을 높이는 역할을 한다네.

셋째, 면역력을 높이는 효과도 있다네. 연구 결과에 따르면 독감 바이러스를 주사한 뒤 명상을 한 사람과 하지 않은 사람의 혈액 속 항체 수치를 비교했더니, 명상을 한 사람이 항체가 훨씬 많이 형성되었더군. 비록 병에 걸려도 증상이 더 가볍게 지나가는 것도 확인되었지. 건강을 위해서라도 명상을 습관화해보게나.

명상, 어렵지 않네. 짧게라도 꾸준히 해보게

혹시 이렇게 생각할 수도 있겠지. "명상? 그건 수행자들이나 하는 거 아닌가?" 천만에. 명상은 누구나 할 수 있다네. 그리고 장소나 도구가 필요하지도 않지. 가장 쉬운 방법부터 알려주지.

우선, 호흡에 집중하는 것이 중요하다네. 사람이 화가 나면 숨이 가빠지고 교감신경이 예민해지지. 반대로 천천히 깊은숨을 쉬면 몸이 이완되고 마음의 여유가 생기네. 명상을 처음 시작하는 사람이라면 복식호흡부터 해보게. 숨을 들이마실 때 배가 나오고, 내쉴 때 배가 들어가는 걸 의식하며 천천히 호흡하는 거라네. 이것만 꾸준히 해도 마음이 한결 편안해질 걸세.

그리고 명상은 하루에 30분씩, 일주일에 다섯 번 이상 하는 것이 가장 좋다네. 하지만 시간이 없다면 하루 1분만이라도 해보게. 아무것도 하지 않고 가만히 앉아서 눈을 감고 호흡을 느껴보는 것, 그것만으로도 충분한 시작이네.

명상의 효과를 보려면 꾸준함이 중요하다네. 한두 번 해보고 효과를 기대하지 말게. 마치 운동을 하듯이, 꾸준히 연습해야 몸과 마음이 변하는 것이네.

그리고 중요한 건, 지금 이 순간을 온전히 느끼는 것이라네. 바람이 부는 소리, 풀벌레 소리, 햇살이 따뜻하게 스며드는 감각을 온몸으로 받아들여 보게. 그렇게 하다 보면 어느 순간 깨닫게 될 것이네. 행복은 멀리 있는 것이 아니라는 것을. 지금, 바로 여기에서 찾을 수 있다는 것을 말이야.

그러니 오늘부터라도, 짧게라도 명상의 시간을 가져보게. 삶이 더 평온하고 풍요로워질 걸세.

우리가
미처 몰랐던
우뇌의 힘

▮ 우리 뇌는 좌뇌와 우뇌로 나뉘어 있다네

인간의 뇌는 좌뇌와 우뇌로 나뉘어 있어. 이 사실은 20세기 신경생물학자 로저 스페리가 밝혀낸 것으로, 그는 이를 통해 노벨 의학상을 수상하기도 했지.

좌뇌는 논리적이고 합리적이며, 이성적인 사고를 담당한다네. 반면, 우뇌는 직관적이고 감성적이며, 창의적인 역할을 하지. 쉽게 말하면 좌뇌는 수학 문제를 풀거나 논리적으로 사고할 때 주로 쓰이고, 우뇌는 예술을 감상하거나 새로운 아이디어를 떠올릴 때 활성화되는 것이네.

그렇다고 해서 우리의 뇌를 두부 자르듯이 딱 나눌 수 있는 것은 아니야. 모든 사고 과정에는 두 뇌가 유기적으로 연결되어 작용하지. 하지만 어떤 사람은 좌뇌가 더 발달했고, 또 어떤 사람은 우뇌가 더 강한 경우가 있지. 그렇다면 자네들은 어느 쪽일까?

▌한국인은 원래 우뇌형 인간이라네

연구에 따르면, 한국인은 대체로 우뇌 우위형이라네. 이는 감성적이고 직관적이며 창의적인 기질을 타고났다는 뜻이지. 문제는 지난 100년 동안 우리나라가 서양식 좌뇌형 교육을 받아왔다는 것이네. 논리력, 수리력, 분석력을 강조하는 교육을 받으면서 우리 민족이 원래 가지고 있던 우뇌적 감각이 억눌려왔다네.

그 결과 한국인은 양뇌형 인간이 되어버렸네. 우뇌의 폭발적인 창의력과 감각적인 사고력, 그리고 좌뇌의 논리적 분석력과 합리성을 함께 지닌 거지. 다시 말해, 우리는 한 손에 칼을 두 개 쥐고 있는 양손잡이 검객과 같은 존재네. 이것이 바로 한국인이 우수한 이유일지도 모르지.

▌이제는 우뇌를 깨울 때라네

요즘 시대는 감성과 창의력의 시대라네. 과거에는 논리력과 분석력이 중요했지만, 이제는 감성적 접근이 더욱 중요한 시대가 되었지. 그래서 한때 '우뇌형 교육'도 유행했는데, 한국인은 원래 우뇌형이니, 따로 우뇌를 개발할 필요는 없어. 다만 그동안 너무 혹사시켜온 좌뇌를 쉬게 하고, 우뇌를 적절히 활성화하면 되는 것이지.

예술작품을 볼 때, 굳이 의미를 분석하려 하지 말게. 그냥 보고 느끼면 되는 것이라네. 미술관에서 추상화를 보면서 "이게 무슨 의미일까?" 고민하는 것보다, 그냥 감상하며 마음으로 받아들이는 게 중요하다네.

좌뇌는 논리를 원하지만, 우뇌는 느낌을 원한다네. 메마른 좌뇌적 사고에서 벗어나, 가끔은 감성을 깨워보게나. 딱딱한 공부 속에 감성을 넣으면 공부도 즐거워져.

이제는 좌뇌와 우뇌의 균형을 맞추면서 살아가기를 바라네. 너무 한쪽으로 치우치면, 결국 우리의 사고력도 편향될 수밖에 없지. 그러니 감성과 이성을 조화롭게 활용하는 습관을 들여보게나. 그래야 더 건강하고, 더 행복하게 살 수 있다네.

의식적으로
'긍정 연습'을 하게나

긍정이란 '연습'하는 것이네

긍정이란 게 그냥 저절로 생기는 게 아니네. 마치 악기를 연습하듯이, 습관처럼 몸에 배게 만들어야 하는 것이지.

기타리스트 김태원 씨가 한 말이 있어. 그는 한참 슬럼프에 빠져 있을 때도 '담배 꽁초를 버리지 않는다.'는 아주 사소한 원칙을 세우고 지켰다고 하네. "별것 아닌 거 아니냐?" 할 수도 있겠지만, 여기서 중요한 건 그 원칙 자체가 아니라, 자기 자신과 대화를 나누는 과정이었다는 점이네.

사람들은 종종 자신이 누구인지, 무엇을 원하는지조차 모른 채 하루를 살아가지. 그저 주어진 일을 처리하고, 반복되는 일상

속에서 헤매다가 지쳐버리는 거야. 하지만 작은 습관 하나라도 정하고 지키다 보면, 그 과정에서 자신을 다시 바라보게 되지. "나는 왜 이걸 하고 있을까?" "이걸 지키는 나는 어떤 사람인가?" 이런 질문을 던지는 순간부터, 이미 삶은 조금씩 바뀌고 있는 거라네.

그러니 꼭 거창한 목표를 세우려고 애쓸 필요는 없어. 사소한 목표라도 정해놓고, 하루하루 그것을 지켜나가게. 그 작은 성취가 쌓이면, 자신도 모르는 사이에 훨씬 더 큰 변화를 경험하게 될 걸세.

▌부정적인 생각에 휩쓸리지 말게나

'두 마리 개' 이야기를 들어본 적 있나? 어느 날, 한 제자가 붓다에게 물었다네. "제 안에는 두 마리의 개가 싸우고 있습니다. 하나는 긍정적이고 온순한 개이며, 다른 하나는 성질이 사납고 부정적인 개입니다. 둘 중 어느 개가 이길까요?" 그러자 붓다는 짧게 대답했지. "네가 먹이를 주는 놈이 이긴다."

우리가 어떤 생각을 자주 하느냐에 따라 우리의 삶은 달라진다는 뜻일세. 부정적인 생각을 하면 할수록, 그 부정적인 감정이 더욱 커지고, 결국 우리의 삶을 지배하게 되지. 반대로 긍정적인 생각을 키우면, 세상이 훨씬 밝아 보이게 되는 법이야.

예를 들어, 아침에 눈을 떴을 때 '아, 또 하루가 시작됐네. 피곤하다.' 이렇게 생각하는 사람과, '오늘 하루도 감사하게 시작해 보자.'라고 다짐하는 사람은 하루를 보내는 방식부터 달라지네.

부정적인 개에게 계속 먹이를 주지 말게. 부정적인 생각이 들 때마다, 일부러라도 반대 방향으로 가보게. '그래도 다행이다.' '오늘은 이만큼이라도 했으니 잘한 거다.' 이런 식으로 말이야. 처음엔 억지로라도 해보게. 그러다 보면 언젠가 생각이 정말로 바뀌어 있을 것이네.

▌작은 성공이 큰 성공을 만든다네

성공한 사람들의 공통점을 알고 있나? 그들은 단번에 크게 성공한 것이 아니라, 작은 목표를 하나씩 이루면서 점점 더 큰 성공으로 나아갔다는 점이네.

가령 운동을 처음 시작하는 사람이 '하루에 10km씩 뛰겠다.'라고 목표를 잡으면 어떻게 되겠나? 며칠 하다가 금방 포기하고 말겠지. 하지만 '매일 아침에 10분씩 가볍게 걷겠다.' 이런 작은 목표부터 시작하면, 어느새 10분이 20분이 되고, 나중엔 자연스럽게 10km를 뛰게 되는 거라네.

삶도 마찬가지라네. 무언가 거창한 계획을 세우기보다 작은 목표를 하나 정하고 그것부터 실천해보게나. 예를 들면 이런 것들이 있지.

매일 아침 가족에게 먼저 "좋은 아침이야." 인사하기.

일주일에 한 번씩 아내를 위해 설거지하기.

하루 한 시간은 휴대폰을 멀리하고 책을 읽기.

퇴근길에 엘리베이터 대신 계단 이용하기.

작은 성공이 쌓이면, 어느새 훨씬 더 나은 사람이 되어 있을 것이네. 긍정적인 개에게 먹이를 주고, 작은 성공을 반복하다 보면 원하는 더 큰 목표도 자연스럽게 이룰 수 있을 것이야.

오늘부터라도 작은 목표를 하나 정해보게. 그리고 그 목표를 지키면서 자기 자신과 대화해보게. 그 과정에서 자네들은 조금씩 변화할 것이고, 결국엔 훨씬 더 나은 삶을 살게 될 거라네.

그러니, 오늘부터 의식적으로 '긍정 연습'을 해보지 않겠나?

내 마음의
탄력도는
얼마인가?

긍정도 지나치면 병이 된다네

무조건 긍정적이어야 한다는 강박도 때로는 독이 될 수 있네. 미국에서는 지나치게 낙천적인 사람을 '폴리애나Pollyanna'라고 부른다네. 이 말이 어디서 왔냐면, 엘리너 포터의 소설 속 여주인공 이름이야. 고아가 된 어린 소녀가 어려운 환경 속에서도 긍정적인 마음으로 사람들을 변화시키는 이야기지. 참 아름다운 이야기지 않은가? 하지만 그게 꼭 현실에서도 좋은 것만은 아니네.

세상살이가 어디 그렇게 쉽기만 한가? 불행이 닥쳐도 그저 "괜찮아질 거야." 하고 넘어가다 보면, 정작 필요한 대책을 세우지 못하고 더 큰 어려움에 빠지기도 한다네. 그런 경험이 있지 않은가? 괜히 '잘될 거야.'라고 스스로를 속이며 아무런 행동도 취하지 않다가 결국 더 큰 문제를 맞닥뜨린 적 말이야.

그러니 긍정도 적당히 할 줄 알아야 하는 법이네. 억지로라도 밝은 생각을 하려는 건 좋지만, 자신의 감정을 억누르면서까지 긍정적으로 보여야 한다면, 그건 건강한 긍정이 아니라 가면을 쓴 스트레스일 뿐이지. 자네들도 아마 그런 경험이 있을 걸세.

부정적인 감정도 삶의 일부라네

우리는 흔히 부정적인 감정, 그러니까 슬픔, 좌절, 분노, 실망 같은 감정들을 무조건 나쁘다고 여기지. 하지만 우리가 살아가면서 그런 감정들을 완전히 없앨 수 있을까? 아니, 그럴 수는 없네.

부정적인 감정도 삶의 일부라네. 마치 도로를 주행하다가 잠깐 차선을 벗어나는 것처럼, 인생에서도 우리는 때때로 중심을 잃고 흔들릴 수밖에 없지. 그런데 중요한 것은, 그럴 때마다 너무 강하게 핸들을 틀어 억지로 감정을 눌러버리려고 하면 오히려 더 큰 사고가 난다네.

아마 이렇게 생각할 수도 있겠지. '그래도 부정적인 생각은 빨리 떨쳐내야 좋은 거 아닌가?' 그게 꼭 그런 것만은 아니야. 오히려 슬픔이나 좌절의 감정을 있는 그대로 받아들이는 것이, 건강한 회복으로 가는 첫걸음이라네.

우리는 힘든 순간을 겪고 나서야 더 강한 사람이 되고, 더 지혜로운 결정을 내리게 된다네. 그러니 부정적인 감정이 들 때, 너무 애써 밀어내려고 하지 말고, 그것도 내 삶의 한 부분이라고 인정해주게. 그러고 나면 그 감정도 차츰차츰 사라지면서, 우리는 다시 앞으로 나아갈 힘을 얻게 되는 법이지.

▌중요한 건 '마음의 탄력성'이라네

'리질리언스Resilience'라는 말을 들어봤나? 쉽게 말하면 마음의 탄력성을 뜻하는 말이라네. 한마디로 어떤 어려움을 겪고도 다시 제자리로 돌아오는 힘을 말하지.

우리의 마음도 마찬가지네. 인생을 살다 보면 크고 작은 시련들이 닥쳐오지. 하지만 중요한 건, 그런 시련이 닥쳤을 때 얼마나 빨리 회복할 수 있느냐 하는 것이네.

마음의 탄력성이 높은 사람은 실패를 해도 금방 다시 일어나지. 하지만 마음이 쉽게 꺾이는 사람은 작은 실망 하나에도 오래도록 주저앉아버리곤 하네. 그러니 '내 마음의 탄력성은 얼마나 될까?' 한 번쯤 생각해보게. 탄력성을 키우는 방법은 몇 가지가 있다네.

1. 작은 성공을 경험하기

한 번에 큰 목표를 이루려 하지 말게. 작은 목표부터 하나씩 해내면서 스스로에게 '나는 할 수 있다'는 경험을 쌓아가는 것이 중요하네.

2. 긍정과 부정을 균형 있게 다루기

무조건 긍정적으로 생각하려 하기보다는, 현실을 있는 그대로 받아들이고, 거기서 최선을 다할 방법을 찾는 태도가 필요하네.

3. 자기 자신과 대화를 많이 나누기

때로는 일기를 쓰거나 산책을 하면서 스스로에게 질문을 던지는 것도 큰 도움이 된다네.

삶에는 반드시 좋은 일과 나쁜 일이 섞여 있는 법이야. 중요한 건, 나쁜 일이 닥쳤을 때 쉽게 무너지는 것이 아니라, 다시 튀어오를 수 있는 탄력성을 기르는 것이지.

지금 자네들 마음의 탄력성은 얼마쯤 되는가? 너무 낮다면, 이제부터라도 조금씩 높여 보도록 하게나. 우리 삶은 예기치 않은 일들로 가득 차 있지만, 마음의 탄력성을 키운다면 어떤 어려움이 와도 다시 일어설 수 있네.

그러니 오늘부터라도 긍정과 부정의 균형을 맞추고, 마음의 탄력을 높이는 연습을 해보지 않겠나?

한 박자 더디 가도
늦지 않네

▮느림이 주는 여유, 그게 진짜 힐링이네

요즘 세상 돌아가는 걸 보면 참 빠르다 못해 정신을 못 차리겠네. 어디를 가도 사람들은 바쁘다 바빠 하면서 종종거리고, 심지어 커피 한잔을 마시면서도 휴대폰을 손에서 놓지 못하는 걸 보면 말이야.

그렇게까지 서둘러야만 하는 건가? 달팽이를 본 적이 있는가? 그 녀석은 천천히 기어가지만, 결국엔 가야 할 곳에 도달하더군. 강물도 그래. 느리게 흐른다고 해서 강물의 등을 떠밀어봤자 빨라지지 않지.

지금 세상은 '속도'라는 이름의 굴레를 씌워놓고, 우리가 조금만 느려지면 마치 실패한 사람이라도 된 것처럼 몰아세우고 있어. 그런데 진짜 삶이란 빠르게 달려가는 것만이 능사가 아니라네. 때로는 속도를 늦추고, 한숨 돌리면서 주변을 둘러보는 것이야말로 가장 지혜로운 일이 아닌가 싶네.

예전에는 "시간이 곧 돈이다."라고들 했지. 그런데 이제는 "여유가 곧 행복이다."라고 해야 하지 않겠나? 우리가 아무리 빨리 달려도, 결국 마지막에는 똑같은 종착점에 도착하게 돼 있거든. 그렇다면 서두를 것 없이 풍경도 보고, 가끔은 쉬어가면서 가는 게 더 낫지 않겠나?

조금 돌아가도 괜찮네, 인생이란 원래 그런 거라네

길을 걸을 때 늘 가장 빠른 길만 찾고 있지는 않나? 자동차를 타고 가다가도 내비게이션이 조금이라도 먼 길을 안내하면, 당장 불만이 나오지 않나? 하지만 말일세, 꼭 가장 빠른 길이 가장 좋은 길은 아니라네.

나는 가끔 일부러라도 돌아가는 길을 택하곤 해. 예전에 살던 동네를 지나보기도 하고, 길가의 작은 가게에 들러 주인과 이런저런 이야기를 나누기도 하지. 그러다 보면 오래된 기억이 떠오르고, 그 속에서 삶의 의미를 다시금 깨닫게 되더군.

우리네 인생도 마찬가지야. 때론 곧장 목표를 향해 달려가는 것보다 잠시 돌아가는 길에서 더 많은 걸 배우고 느낄 수 있다네. 그 길에서 좋은 인연을 만나기도 하고, 예상치 못한 기회가 찾아오기도 하지.

그러니 너무 급하게 서두르지 말게. 가끔은 돌아서 가는 것도 나쁘지 않아. 빠르게만 가려 하면 중요한 걸 놓치기 마련이라네.

밥 한 끼도 천천히 먹어보게나, 그게 몸과 마음을 살리는 길이라네

요즘 사람들 밥 먹는 걸 보면 참 딱하다네. 식사 시간마저도 빠르게 해결하려고 하니, 정신없이 음식을 집어넣고, 휴대폰을 보면서 대충 씹어 넘기고 말지. 그러다 보니 위장병이니 소화불량이니 하는 병들이 생기고, 정작 음식의 참맛을 느끼지도 못하게 되더군. 예전에 어머니가 정성껏 차려주던 따뜻한 밥상을 기억하는가? 그 한 끼의 소중함을 다시 한번 되새겨보게.

나는 하루 한 끼라도 제대로 된 음식을 천천히, 정성껏 만들어 먹는 것이 중요하다고 생각하네. 밖에서 사 먹는 음식도 편리하긴 하지. 하지만 어떤 재료가 들어갔는지, 얼마나 건강한 음식인지 알 길이 없네.

가끔은 집에서 직접 만들어 먹어보게나. 좋은 재료로, 정성껏 만든 음식을 천천히 음미하면서 먹어보면, 몸도 건강해지고 마음도 한결 평온해질 걸세.

식사도 그렇고, 삶도 그렇다네. 너무 급하게, 너무 바쁘게만 살지 말고, 때로는 천천히, 여유롭게 살아가는 법을 배워보게. 그게 진짜 힐링이고, 진짜 행복이란 걸 곧 알게 될 걸세.

우리는 모두 바쁘네. 하지만 너무 바쁘다는 이유로 자신을 잃어버려서는 안 된다네. 가끔은 한 박자 늦춰보게. 한 번쯤은 멈춰서 하늘도 보고, 바람도 느껴보고, 가족과도 더 많은 시간을 보내게.

인생은 속도가 아니라 방향이야. 조금 늦어도 괜찮네. 중요한 것은 지금 이 순간을 제대로 살아가는 것, 그뿐이라네.

"하하호호"
15초 웃음이
건강을 지킨다네

웃음, 좋은 약이라네

어린아이들은 하루에 400번도 웃는다지만, 어른들은 10번도 채 웃지 않는다고 하네.

한 팔순 노인이 자신의 삶을 돌아보면서 "나는 잠자는 데 26년, 일하는 데 21년, 밥 먹는 데 6년을 보냈지만, 정작 웃는 데 보낸 시간은 22시간뿐이었다."라고 한탄했다더군. 참 씁쓸한 이야기 아닌가?

웃음이란 건 단순히 기분이 좋다고 해서 나오는 게 아니야. 우리가 웃어야 할 이유는 따로 있다네. 학자들이 연구해보니 웃음은 면역력을 높여주고, 혈액순환을 원활하게 하며, 심지어 수명까지 연장시켜준다고 하지 않나. 한 번 크게 웃으면 심장 박동수가 올라가고, 혈액이 온몸을 골고루 순환해서 심장병 예방에도 좋다고 하네.

"그래, 웃는 게 좋다는 건 알겠어. 그런데 억지로라도 웃으란 말인가?"라고 묻겠지. 그렇네! 억지로라도 웃는 게 안 웃는 것보단 훨씬 낫네. 거울을 보고라도 웃는 연습을 해보게. 입꼬리를 올리는 것만으로도 뇌는 '기분이 좋아졌구나' 하고 착각한다네.

그러니 자네들, 오늘부터라도 하루에 한 번은 큰 소리로 웃어보게. 처음엔 어색하겠지만, 어느 순간 웃음이 습관이 되고, 그러다 보면 인생이 한결 가벼워질 걸세.

▌웃음은 약이네, 그러니 자주 복용하게

"웃으면 복이 온다."라는 말이 있어. 이게 그냥 하는 말이 아니라 웃으면 진짜 몸과 마음이 좋아진다네.

우선, 웃음은 스트레스를 날려버리는 효과가 있어. 우울한 일이 있어도 한바탕 크게 웃고 나면 가슴이 후련해지지 않나? 이게 다 뇌에서 나오는 좋은 호르몬 덕분이라네. 15초 동안 크게 웃기만 해도 '행복 호르몬'이라고 불리는 엔도르핀과 면역세포가 증가해서 몸이 건강해지네.

또 웃음은 근육도 풀어주고, 장기에도 좋은 영향을 주네. 오랫

동안 웃고 나면 배가 아팠던 적이 있지 않나? 그게 바로 웃음이 복부 근육과 장기를 마사지해주기 때문이라네. 이게 다 자연이 우리 몸에 준 선물인데, 우리가 그걸 잊고 살고 있다니 안타까운 일이 아닌가.

그리고 웃음은 식욕도 돋우네. 어떤 학자가 연구를 했는데, 유쾌한 비디오를 본 사람들은 그렇지 않은 사람들보다 식욕을 자극하는 호르몬이 더 많이 나왔다더군. 적당히 운동한 뒤 식욕이 도는 것과 비슷한 원리라네. 그러니 밥맛이 없을 땐 괜히 찡그리고 있지 말고, 재미있는 이야기라도 나누면서 웃어보게.

웃음은 공짜지만, 그 효과는 돈 주고도 못 사네

세상이 점점 각박해져서, 웃을 일이 많지 않네. 하지만 그럴수록 일부러라도 웃어야 하네. 왜냐고? 웃음은 최고의 건강법이기 때문이지.

운동하려면 시간 내서 헬스장도 가야 하고, 영양제를 챙겨 먹으려면 돈도 들어가는데, 웃음은 그냥 웃기만 하면 된다네. 돈도 안 들고 부작용도 없고, 그 효과는 대단하지.

그러니 억지로라도 웃어보게. 한번 웃으면, 그 웃음이 또 다른 웃음을 불러온다네. 그러다 보면 어느 순간 얼굴이 훨씬 밝아지고, 주변 사람들도 함께 웃게 될 걸세.

가족들과도 함께 웃어야 하네. 요즘은 부모와 자식, 부부간에도 대화가 점점 줄어들고 있지 않나? 하지만 함께 웃으면 말이 필요 없어. 웃음은 사랑의 언어라네.

웃을 일을 찾는 연습하기

웃음은 우리 삶의 화기和氣일세

'화기'라는 말을 아는가? 따뜻하고 정다운 기운을 뜻하는 말이라네. 한겨울을 지나 봄이 오면 꽃망울이 터질 듯 부풀어 오르고, 흙 속에는 생명이 움트기 시작하지. 바로 그 순간 자연은 '화기'를 머금고 기지개를 켜네.

그런데 자연만 화기가 필요하겠는가? 우리 사람도 그렇다네. 기쁨과 웃음이 없으면, 마치 따뜻한 날씨 없이 싹이 돋지 못하는 것과 같지. 아무리 힘든 날이라도 하루에 한 번은 웃어야 한다네. 그게 우리가 살아가는 힘이니까.

채근담에도 이런 말이 있다네. "日無和氣 人心不可 一日無喜

神(일무화기 인심불가일일무희신)". 즉, 자연은 하루라도 화기가 없으면 안 되고, 사람의 마음은 하루라도 웃음이 없으면 안 된다는 뜻이지.

▌웃을 일이 없다고? 웃을 일을 찾게나

어느 날 한 젊은이가 내게 이렇게 하소연하더군. "어릴 땐 그렇게 자주 웃었는데, 점점 인생이 지루해집니다." 자네들도 이런 생각해본 적 있겠지? 살아가다 보면 웃을 일보다 지루한 일이 더 많고, 운이 나쁘면 짜증 나는 일이 하루를 망치기도 한다네. 그러다 보니 '웃을 일이 생기면 웃겠다.'라고 마음먹고, 그때까지 묵묵히 견디는 사람이 많다네.

하지만 한 번 생각해보게. 어린 시절 우리가 늘 웃고 다녔던 이유가 정말 즐거운 일이 많아서였을까? 아니네. 우리가 많이 웃었기 때문에 그 시절이 즐거웠던 것이라네. 별것도 아닌 친구의 농담, 장난, 어설픈 실수에도 우리는 자지러지게 웃었지. 하지만 나이를 먹으면서 언제부턴가 웃음을 가려서 짓기 시작했네. 웃음에도 기준이 생겼고, '이 정도가 웃을 만한 일인가?' 하고 따지게 된 것이라네.

▌웃음은 기다리는 것이 아니라 찾는 것이네

웃을 일을 기다리지 말게. 웃을 일이 생길 때까지 가만히 앉아 있으면 안 된다네. 적극적으로 웃을 거리를 찾는 연습을 하게. 실수로 태운 밥, 짜게 된 국, 양말에 난 작은 구멍, 엉뚱한 곳에서 넘어져 멋쩍은 순간… 이런 소소한 일들을 그냥 넘기지 말고, 유머로 바꿔보게.

어린 시절의 여고생들을 떠올려보게나. 선생님이 크게 재채기 한 번 하면 까르르 웃음을 터뜨리지 않는가? 별것 아닌 일에도 웃을 수 있는 사람이야말로 인생을 즐길 줄 아는 사람이라네. 나는 이런 연습을 권하고 싶네. "하루에 한 번, 반드시 웃을 거리를 찾아내는 것." 마치 보물을 찾듯이 말일세. 처음엔 억지로라도 찾아야겠지만, 어느 순간부터는 일상의 모든 순간이 웃음으로 다가올 걸세.

실없다고? 실없으면 어떤가? "웃음이 나오질 않아요." "실없는 걸로 웃기가 민망합니다." 이런 말을 하는 사람도 많다네. 하지만 자네들, 좀 실없으면 어떤가? 어차피 웃음이란 게 대단한 것에서 나오는 게 아니네. 오히려 사소한 것에서 비롯되는 경우가 더 많지. 실없어 보이는 웃음이야말로 우리를 살게 하는 힘이라네.

▮웃음은 삶을 버티게 하는 가장 강한 힘일세

우리는 힘든 나날을 보내고 있지만 웃을 수 있다면 그 하루는 아직 살아 있는 하루라네. 그러니 제발 웃을 일만 기다리지 말고 웃음을 찾게나. 억지로라도 웃다 보면 어느 순간 정말 즐거워질 테니 말일세. 실없이 웃고 가볍게 살아가게. 그게 우리를 건강하게 하는 가장 쉬운 방법이네.

많이 감탄하고,
많이 감동받는
휴가

7월, 8월엔 휴가 계획을 세우느라 마음속에 파도가 일렁이고, 산들바람이 살랑대네. 직장인의 하루 낙은 점심식사고, 일 년의 낙은 휴가라고 했던가. 부지런한 이들은 미리 휴가 계획을 다 세워놓았을 것이고, 그렇지 않다면 지금쯤 어디로 갈지, 언제 떠날지를 정하느라 분주할 것이네.

꿀맛 같은 휴가 기간 동안 잘 쉬어야 한다는 점에는 누구나 공감할 것이네. 더께처럼 쌓인 일상의 피로를 털어내고 새로운 에너지를 충전하기 위해서는 휴가를 잘 활용해야 하지. 그런데 의외로 제대로 쉬는 것은 쉽지 않네. 좋은 휴가란 피로에 시달린 몸뿐만 아니라 스트레스에 지친 뇌를 달래고, 영혼까지 새로운 활력으로 채워줄 수 있어야 한다네.

그렇다면 어떻게 해야 몸과 마음 그리고 뇌의 피로까지 풀 수 있는 휴가가 될까. 꼭 먼 곳으로 여행을 떠나지 않더라도, 내 거주지를 크게 벗어나지 않더라도, 감탄이 절로 나오는 하루하루를 만든다면 그게 바로 훌륭한 휴가가 아닐까 싶네. 영혼에 울림을 주는 책 한 권, 눈물이 핑 도는 영화 한 편, 숨 막히게 아름다운 여름 바다에서의 석양, 가족이나 낯선 이들의 선행에 감동받는 순간…. 감탄할 거리는 생각보다 가까운 곳에 많네.

우리는 진실한 것, 선한 것, 그리고 아름다운 것을 마주할 때 감동을 받지. 감동이란 정서를 크게 흔들고 마음을 움직이는 일종의 강한 '자극'이네. 영어로 감정Emotion이란 단어가 '움직이다'는 뜻의 라틴어 movere에서 왔다는 사실에서도 알 수 있듯이, 감동을 받으면 감정이 동요하고, 감정이 움직이면 행동도 달라질 수 있다네.

■ 감동이 주는 강력한 에너지

아름다운 음악이나 미술 작품을 감상할 때, 자연의 경이로움을 마주할 때, 누군가의 따뜻한 선행을 목격할 때, 그 밖의 위대한 무엇인가를 만날 때 우리의 뇌는 한껏 고양된다네. 일상의 피로도, 스트레스로 인한 우울감도 모두 사라지고, 그 어떤 일이든 해낼 수 있을 것 같은 에너지가 가득 차오르지. 바로 감동이 주는 강력한 힘이네.

문화심리학자인 김정운 교수는 인간과 동물의 가장 큰 차이점 중 하나는 '감탄할 수 있다'는 점이라고 말했네. 사람은 기계처럼 단순한 계산과 생존을 위한 판단만 하는 것이 아니라, 예기치 못한 아름다움이나 선의善意를 마주할 때 가슴이 뛰고, 눈물이 고이고, 행동으로 이어질 만큼 변화할 수 있는 존재라는 것이지.

감동은 단순한 기분 전환을 넘어 뇌에도 커다란 영향을 미친다네. 감동을 받는 순간, 즉 우리의 마음이 크게 울렁거리는 바로 그때, 뇌에서는 엄청난 자극이 발생한다네. 감동을 느낄 때 우리 뇌는 엔도르핀과 함께 다이돌핀이라는 호르몬을 분비하는데, 이 다이돌핀은 비교적 최근에 발견된 호르몬으로 엔도르핀보다 무려 3000~4000배 강력한 진통 효과를 가지고 있다네.

이 다이돌핀이 얼마나 강력한지 암 환자의 통증도 잊게 할 정도라 하네. 다시 말해, 깊은 감동과 감탄은 단순한 정신적인 즐거움을 넘어, 육체적 고통까지 경감시킬 수 있는 강력한 치유제라는 것이지.

감동은 창조의 원천이 된다

감동이 또 하나 주는 중요한 선물은 바로 창조의 원천이라는 점이야. 많은 예술가들이 크고 작은 감동 속에서 영감을 얻는다는 사실을 생각해보면 쉽게 이해할 수 있을 걸세. 감동을 받을 때 뇌의 모습을 살펴보면, 이성을 지배하는 신피질이 아니라 감정과 본능을 관장하는 구피질이 활성화된다네. 감각과 본능이 깨어나는 순간이지.

기발하고 번뜩이는 아이디어는 바로 이때 탄생하네. 보통 이성과 논리를 주관하는 신피질이 너무 강하면 사람은 익숙한 방식에서 벗어나지 못하는데, 감동을 받을 때는 신피질의 통제가 느슨해지면서 전혀 새로운 방식으로 세상을 바라볼 수 있게 된다네.

위대한 화가 빈센트 반 고흐가 동생 테오에게 보낸 편지에서 "될 수 있으면 많이 감탄하라."라고 한 이유도 여기에 있지. 그는 감탄 뒤에 따라오는 감동이 예술적 창조의 샘물이라는 사실을 일찍이 깨달은 것이지.

감동하는 습관을 만드는 휴가

그러니 휴가를 이용해, 평소 무덤덤했던 감동 세포를 일깨워 보는 것은 어떨까. 회사와 집을 오가는 무미건조한 일상에서는 감동을 얻기가 쉽지 않네. 간간히 있는 술자리, 친구들과의 잡담 같은 일상적인 만남에서도 우리는 새로운 감동을 경험하기 어려운 것이 사실이지.

그래서 휴가가 감동을 체험하기에 가장 좋은 기회일 수도 있어. 그동안 잊고 지냈던 감탄사를 절로 끄집어내는 경험을 찾아 나서 보는 것이지. 평소 쉽게 지나쳤던 것들이 새롭게 다가올 수도 있고, 익숙했던 풍경이 전혀 다르게 보일 수도 있을 걸세.

아름다운 예술품, 탁 트인 자연, 선하고 가치 있는 행동, 무릎을 탁 치게 만드는 강연, 가족과의 진솔한 대화…. 어떤 것이든 좋네. 중요한 것은 감동할 수 있는 순간을 스스로 만들어보는 것이라네.

감동이 삶을 바꾼다

감동이 주는 에너지는 실로 엄청나네. 우리를 더 나은 방향으로 변화시키고, 인생을 더욱 풍요롭게 만들어주지. 단순히 기분 좋은 휴가를 보내는 것을 넘어서, 내면 깊숙이 울림을 주는 경험을 할 수 있다면 그야말로 최고의 휴가가 되지 않겠나.

이제 올여름, 감동하는 휴가를 만들어보게. 감탄이 절로 나오는 순간을 찾아 떠나고, 가슴이 뭉클해지는 경험을 스스로 만들어보게. 그런 순간들이 쌓일수록 삶은 더욱 다채로워질 것이고, 우리의 뇌와 마음은 더 건강해질 것이네. 많이 감탄하고, 많이 감동받는 휴가. 그것이야말로 진정한 휴식이고, 최고의 충전이 될 것이네.

휴가에서
복귀한 당신,
제대로 돌아오는 것도 중요하네

얼마나 기다렸던가. 바쁜 일상에 치여 숨 돌릴 틈조차 없을 때, 밤늦게까지 야근에 시달리며 한숨을 내쉴 때, 회사 인간관계에 치여 마음이 상할 때, 다들 휴가 생각을 하며 버틴다네. 어떤 사람은 그러더군. "이 순간을 위해 일 년을 기다렸다"라고. 뭐, 이해가 되지 않는 것도 아니야.

휴가 한 달 전부터 마음이 들뜬다지. 어디로 갈까 고민하고, 여행 계획을 짜며 설레는 건 누구나 마찬가지일 거야. 이왕이면 특별한 곳으로 가고 싶고, 더 멋진 곳에서 좋은 추억을 만들고 싶겠지. 휴가 용품을 사고, 맛집을 찾아보며 기대감에 부풀어 있는 순간이야말로 휴가의 절반은 다 즐긴 거라 할 수 있지 않겠나.

그런데 말이야, 현실은 생각만큼 낭만적이지가 않다네. 기대했던 바다도 사람들로 가득 차 있고, 시원한 바람은커녕 푹푹 찌는 더위에 숨이 막히는 경우도 많지. 차는 막히고, 바가지 요금에 기분 상하고, 생각보다 불편한 잠자리까지 겹치면 휴가가 아니라 고생길이 따로 없더라. 물놀이 한번 잘못했다가 감기에 걸리거나 장염이라도 걸리면 그야말로 최악의 휴가가 되는 거지. 그런데도 이상한 게 말이야, 다녀오고 나면 아쉬움이 남는다네. 힘들었던 순간까지도 나중에는 다 추억이 된다지.

하지만 문제는 휴가가 끝난 후라네. 떠나는 것만큼이나 돌아오는 것도 중요하지 않겠나. 휴가의 여운을 오래 붙잡고 있으면 일상으로 돌아가는 게 그만큼 더 힘들어지지. 어떤 사람은 말이야, "휴가 다녀온 후가 더 피곤하다."라며 한숨을 쉬더구나. 무기력하고, 일하기 싫고, 모든 것이 귀찮아지는 이 상태를 '바캉스 증후군'이라고 부른다네. 심한 사람들은 아예 식욕이 없어지고, 두통이 생기고, 우울해지기까지 한다지. 그러고 보면 휴가라는 것도 잘 쉬어야 한다네. 그래야 몸과 마음이 다시 힘을 얻고, 새로운 기운을 충전할 수 있는 거지.

▮ 휴가 후유증, 이렇게 극복해보는 게 어떤가?

첫째, 현실을 받아들이게나.

8월의 휴가 시즌이 끝났네. 이제는 일상으로 돌아와야 할 시간이지. 현실을 부정하고 계속해서 휴가 기분을 끌고 가다 보면 오히려 더 힘들어진다네. 지나간 것은 지나간 것이고, 받아들일 건 받아들이는 게 좋지 않겠나. 여름이 지나간다는 건 곧 가을이 온다는 뜻이기도 하니, 너무 아쉬워만 하지 말게.

둘째, 복귀 전 하루는 푹 쉬게나.

휴가 마지막 날까지 일정을 빽빽하게 채우고, 늦은 밤까지 놀다가 다음 날 바로 출근하는 건 말 그대로 '자기 무덤을 파는 일'이지. 하루 정도는 집에서 조용히 쉬면서 몸도 마음도 일상으로 돌아갈 준비를 하는 게 좋다네. 가벼운 스트레칭이라도 하면서 긴장을 푸는 것도 도움이 된다지.

셋째, 수면 리듬을 회복하세.

휴가 동안 늦게 자고 늦게 일어났다면, 이제 다시 정상적인 생활 패턴으로 돌아가야 하지 않겠나. 피곤하다고 무턱대고 늦잠을 자는 것보다는, 일정한 시간에 일어나는 것이 더 낫다네. 몸이 알아서 적응하도록 만들어줘야 하는 거야.

넷째, 업무를 미리 파악해보게.

휴가에서 돌아오면 책상 위에 쌓인 일거리들을 보고 한숨부터 나온다네. 그러니 출근 전날 간단하게라도 해야 할 일들을 정리해두는 게 좋지 않겠나. 출근하자마자 정신없이 일을 시작하는 것보다는, 차근차근 해야 할 일들을 파악하고 우선순위를 정하는 게 훨씬 도움이 될 거야.

다섯째, 하루하루를 휴가처럼 즐기게.

휴가가 끝났다고 모든 즐거움이 사라지는 건 아니지 않나. 오히려 일상 속에서도 작은 즐거움을 찾는 것이 더 중요하다고 생각하네. 굳이 멀리 가지 않더라도, 가까운 곳에서 가볍게 산책을 하거나, 저녁에 조용한 음악을 들으며 차 한잔 마시는 것만으로도 충분히 휴식이 될 수 있다네. 주말에 잠깐 근교로 나가보는 것도 괜찮지 않겠나.

휴가라는 게 말이지, 단순히 쉬는 것만이 전부는 아니라네. 떠나서 좋은 기억을 만들고, 다시 돌아와서 일상으로 자연스럽게 녹아드는 것까지가 온전한 휴가지. 그러니 휴가가 끝났다고 너무 아쉬워하지 말고, 이제는 일상으로 돌아와 새로운 기운을 찾도록 하게나. 그렇게 다시 힘을 내다 보면, 어느새 다음 휴가를 기다리는 시간이 오겠지.

담담한 맛,
본질의 매력을
즐기기

본질을 잊고 사는 혀를 되찾으려면

제대로 된 밥 한 끼를 언제 먹어보았나? 여기서 말하는 '제대로 된 밥'이라는 건 기름에 범벅이 된 음식도 아니고, 온갖 조미료와 소스로 덮어버린 자극적인 음식도 아니네. 그저 있는 그대로의 맛을 음미할 수 있는 밥상 말일세.

언젠가 한 지인이 내게 이런 이야기를 하더군. "선마을에 가면 몸에 좋은 음식이 나오는 건 알겠는데, 막상 그 담백한 음식만 며칠 먹어야 한다고 생각하니 전날엔 꼭 속세(?)의 자극적인 음식을 잔뜩 먹고 가고 싶어진다."고 말이야.

듣고 보니 웃음이 나면서도 한편으로는 씁쓸했네. 담백한 음식의 매력을 온전히 즐기지 못하는 사람이 많다는 사실이 아쉬웠거든. 그도 그럴 것이 현대인들의 혀는 이미 너무 많은 자극에 길들여져 있네. 기름지고 짜고 맵고 단 강렬한 맛들에 익숙해져 본래의 '맛'이라는 것을 잊고 살아가지.

한번 생각해보게. 우리가 떡볶이를 먹을 때 정말 떡의 맛을 음미하고 있는가? 아니면 그 강렬한 양념 맛에 묻혀버린 떡을 그저 씹고 있는 것인가? 요즘 사람들은 음식을 즐기는 것이 아니라, 양념을 먹고 있다네.

하지만 자극적인 음식이 늘 맛있을까? 그렇지 않아. 한 번 강한 자극을 경험하고 나면, 그다음엔 더 강한 자극이 필요해지지. 점점 더 자극적인 맛을 찾아가다가, 결국에는 본질을 잊어버리고 마는 거라네.

그렇다고 '자극적인 음식은 나쁘다.'는 이야기를 하려는 건 아니야. 하지만 우리가 음식의 본질을 기억해야 한다는 것만은 확실하지. 본질을 기억하지 못하면 결국 혀는 속고, 우리는 무엇을 먹고 있는지조차 모르게 되네.

담백한 음식 속에서 진짜 '맛'을 찾다

우리 조상들은 '담백淡白하다'는 말을 참 좋아했네. 단순히 싱겁다는 뜻이 아니라, 맑고 깔끔한 맛이야말로 가장 높은 경지의 맛이라고 여겼던 것이지.

채근담에도 이런 말이 있지. “진한 술과 기름진 고기, 매운 맛, 단맛은 모두 참다운 맛이 아니다. 참다운 맛은 그저 담담할 뿐이다.” 이 얼마나 깊이 있는 말인가. 진짜 맛은 강한 양념 속에 숨어 있는 것이 아니라, 그 자체로 존재한다는 뜻이지.

갓김치의 알싸한 매운맛을 씹을수록 깊게 느껴본 적이 있나? 아니면 고사리나물의 은근한 향이 입안 가득 퍼지는 걸 음미해본 적이 있나? 우리가 ‘싱겁다’고 여겼던 음식들 속에는 사실 엄청난 풍미가 숨어 있네. 단지 우리가 그것을 느낄 만큼 천천히 먹어보지 않았을 뿐이지.

과학적으로도 저염식이 건강에 좋다는 사실은 이미 입증되었네. 나트륨 섭취를 하루 1.1g만 줄여도 고혈압 발병 위험이 5% 줄어든다는 연구 결과도 있다지 않나. 담백한 음식이야말로 몸에도 좋고, 그 본질을 알면 미각의 새로운 세계를 열어주는 음식이란 말일세.

하지만 문제는 우리가 너무 오랫동안 강한 자극에 길들여졌다는 것이네. 한순간에 바꿀 수 있는 게 아니야. 그러니, 한 끼씩 천천히 시도해보게.

오늘부터 한 끼, 본질의 맛을 음미해보게

이제부터 한 끼라도 조금 더 담백한 음식을 음미하는 연습을 해보게.

우선, 간장과 소금, 참기름을 평소보다 적게 덜어 나물을 무쳐보게. 처음엔 참기름 향이 부족해서 아쉽겠지. 하지만, 천천히 씹다 보면 나물 본연의 향과 깊은 맛이 입안에서 피어날 걸세.

그리고 밥을 먹을 때 한 숟가락을 입에 넣고 급하게 씹어 넘기지 말고, 천천히 꼭꼭 씹어 보게. 밥알이 입안에서 퍼지는 고소함을 느껴보게나. 그동안 우리는 밥의 맛을 느끼지도 못한 채, 그저 배를 채우기 위해 씹어 넘기고 있었던 것은 아닌지 생각해보며 먹어보게.

이렇게 하루 한 끼씩 연습하다 보면, 혀도 점차 변할 걸세. 한 달쯤 지나고 나면, 더 이상 과도한 자극을 원하지 않게 될 걸세. 오히려 너무 강한 양념이 부담스러워지고, 본질의 맛이 훨씬 더 좋다는 걸 깨닫게 될 걸세.

그러니 오늘 한 끼는 담담하게 먹어보게. 그리고 진짜 맛이 무엇인지, 곱씹어보게나. 그게 몸을 살리고, 나아가 마음도 건강하게 만드는 길일세.

삶 속에서
배운 것을
응용하거나

▌창조는 문제의식에서 비롯되는 법이라네

"왜 나는 창의적인 사람이 되지 못할까?" 요즘 기업에서도 창의성을 강조하고, 혁신적인 아이디어를 원하지만, 사실 '창조'라는 것은 뚝딱 만들어지는 것이 아니지.

플라톤도, 아인슈타인도 하루아침에 위대한 인물이 된 것이 아니야. 창조적인 인재는 기본적으로 성실한 사람들이라네. 게으른 사람이 창조적인 인재가 되기보다는, 늘 노력하고, 문제의식을 갖고 고민하는 사람들이 창조적인 인재가 될 가능성이 훨씬 높지.

아인슈타인의 유명한 말이 있지 않은가? "천재란 99%의 노력과 1%의 영감이다." 실제로 위대한 업적을 남긴 사람들을 보면, 1만 시간 이상의 노력이 쌓인 후에야 비로소 창의적인 결과물이 나왔다네.

창조적인 사람이 되고 싶다면, 먼저 문제의식을 가지게나. 이 사회에 무엇이 부족한지, 내가 해결해야 할 문제가 무엇인지 고민해보게. 그리고 꾸준히 공부하고 배우면서 그 문제를 해결할 방법을 찾아보는 것이지.

창조는 노력 없는 사람에게는 결코 찾아오지 않는 법이라네. 매일 반복되는 일상 속에서, 습관적으로 문제를 인식하고, 그것을 해결하기 위해 성실히 노력하는 것. 그것이 진짜 창조적인 인재가 되는 첫걸음이라네.

창조적인 생각은 다독多讀에서 시작된다네

천재 과학자 아인슈타인의 뇌를 해부했더니, 일반인과 비교해 특별히 더 뛰어난 구조는 없었다네. 다만, 그의 뇌에는 신경교세포가 유난히 많았다고 하더군.

신경교세포가 많다는 것은 무엇을 의미할까? 그건 그만큼 서로 연결되지 않는 영역이 연결되었다는 뜻이라네. 그리고 이러한 연결을 가능하게 하는 가장 좋은 방법이 바로 '다독'이라네.

책을 읽는다는 것은 단순히 정보를 습득하는 것이 아니라네. 다양한 분야의 책을 읽다 보면, 서로 전혀 다른 개념들이 내 머릿

속에서 연결되기 시작하지. 이것이 바로 창조의 과정이라네.

창조적인 아이디어는 아무것도 없는 상태에서 뚝딱 만들어지는 것이 아니네. 이미 머릿속에 쌓인 수많은 정보와 경험들이 새로운 방식으로 연결될 때, 비로소 창의적인 생각이 탄생하는 것이지.

평소 관심 있는 분야뿐만 아니라, 전혀 다른 분야의 책도 읽어보게. 과학을 좋아하는가? 철학 책도 한번 펼쳐 보게. 경제학을 공부하는가? 문학도 읽어보게. 그렇게 읽다 보면, 어느 순간 전혀 다른 분야의 개념들이 머릿속에서 연결되는 경험을 하게 될 걸세. 그 순간이 바로 창조적인 사고가 시작되는 순간이라네.

창조의 원동력은 돈도, 출세도 아닌 내면의 열정이라네

'회사에서 인사고과를 잘 받으려면, 어떻게 해야 할까?' '성과급을 더 받으려면, 창의적인 아이디어를 내야겠지?' 이런 동기로는 진짜 창조적인 생각을 끌어내기가 어렵네. 창의적인 아이디어는 외부의 보상이 아니라, 내면에서 우러나오는 즐거움에서 탄생하는 법이지.

기발한 창조력은 그 생각 자체를 즐거워하고, 몰입하는 과정에서 자연스럽게 나오는 것이네. 억지로 쥐어짜듯 아이디어를 만들어내려 하면, 그건 이미 창조가 아니라 단순한 '생산'이 되고 마는 것이지.

그러니 창조적인 사람이 되고 싶다면, 먼저 자신이 좋아하는 것을 찾아야 해. 무엇이든 흥미를 갖고 즐기게. 호기심을 가지고 깊이 파고들어보게. 이것저것 시도해보면서 스스로 즐거움을 느껴보게. 어느 순간 새로운 아이디어가 떠오르는 기쁨을 경험하게 될 걸세. 그때부터 창조적인 인간으로 거듭날 수 있는 것이지.

나에게 쓰는 편지,
치유의 시작

손으로 쓴 편지를 받아본 기억이 가물가물하지 않나? 뭐, 시대가 변했으니 그럴 수도 있지. 하지만 가끔은 자신에게 편지를 써보는 것도 아주 좋은 습관이라네.

가을이 오면 늘 떠오르는 노래가 하나 있지 않나? "가을엔 편지를 하겠어요. 누구라도 그대가 되어 받아주세요." 그 가사를 음미해보게나. 생각해보면 '누구라도'가 아니라 바로 자기 자신이 그 편지를 받아도 좋을 일이 아닌가?

편지란 참 묘한 것이네. 말로 하긴 어려운 이야기, 차마 누군가에게 내뱉지 못한 마음속 응어리까지도 글로 쓰다 보면 자연스럽게 풀리기 마련이지. 그런데 말이야, 이렇게 자기 자신에게 편지를 쓰는 행위가 단순한 낭만이 아니라, 실제로 치유 효과까지 있다는 걸 아는가?

현대의학에서도 글쓰기를 심신 회복의 방법으로 활용하고 있다네. 이를 '문학치료Bibliotherapy'라고 부른다지. 고대 그리스 사람들도 몸이 아플 때는 의사를 찾았지만, 정신적인 고통이 있을 때는 책을 읽거나 글을 쓰며 스스로를 치유했다네. 결국 글쓰기란 우리 내면을 들여다보고 스스로를 위로하는 가장 원초적인 방식이었던 것이지.

자기 자신에게 편지를 쓰면서, 지금 내 마음이 어떤 상태인지 읽어보는 것이야말로 진짜 치유의 시작이라네.

▮ 내 마음속의 나에게 말을 걸어보게

사람이 살다 보면 어쩔 수 없이 스스로를 외면할 때가 많지. 바쁘다는 이유로, 먹고사는 일에 치인다는 핑계로, 정작 중요한 '나'라는 존재는 잊어버리곤 한다네. 하지만 가만히 생각해보게. 우리가 남들에게는 그토록 친절하고 다정하게 말을 건네면서, 왜 자기 자신에게는 따뜻한 말 한마디 하지 못하는가?

이럴 때 편지를 써보게. "자네, 요즘 좀 지쳐 보이네." 하고 스스로에게 말을 걸어 보게나. 너무 힘들진 않은가? 실망한 적은 없나? 과거의 나와 지금의 나는 어떻게 다른가? 남들에게 보여주는 나와 내 진짜 모습은 같은가? 앞으로 어떻게 살아가고 싶은가?

이런 질문을 편지에 적어 내려가다 보면, 자연스레 마음속 깊숙한 곳에 웅크리고 있던 진짜 나 자신과 마주하게 될 걸세. 그리고 지금껏 외면했던 감정들이 조용히 스스로를 어루만지는 순간이 올 것이네.

사람은 누구나 내면에 숨겨진 이야기들을 갖고 있네. 하지만 바쁘게 살아가다 보면 그 이야기를 들을 기회가 없지. 그래서 편지를 쓰면서 그 이야기들을 끄집어내보는 것이 중요하다네.

▌쓰는 행위가 곧 나를 읽는 것이네

스위스의 극작가 막스 프리슈가 이런 말을 했다네. "쓴다는 것은 곧 자기 자신을 읽는 일이다."

가끔 그런 경험 있지 않나? 무심코 일기를 쓰다가, 혹은 몇 년 전 써둔 글을 다시 읽다가 "내가 이런 생각을 하고 있었나?" 하고 놀라는 일 말일세. 그렇다네. 우리는 종종 자기 자신을 가장 모르는 사람이 되기도 하지. 하지만 글을 쓰다 보면, 내가 어떤 사람인지, 지금 어떤 감정을 느끼고 있는지, 어디로 가고 싶은지를 알 수 있게 된다네.

그래서 심리치료에서도 글쓰기를 적극 권장한다네. 실제로 암 환자들에게도 '문학치료'가 정서적 안정과 회복에 큰 도움이 된다는 연구 결과가 있다네. 왜냐고? 글을 쓰면서 자신의 두려움과 불안을 마주하고, 그것을 다스리는 힘을 기를 수 있기 때문이지.

우리가 살아가면서 가장 중요한 일 중 하나가 무엇인가? 바로 자기 자신을 이해하는 것이지. 남들 말만 듣고 살아가다 보면, 정작 내 인생이 어디로 가는지도 모르게 되네. 하지만 편지를 쓰면서 자기 내면의 목소리를 듣다 보면, 삶의 방향이 보이기 시작할 걸세.

▌한번 써보게나, 자기 자신을 위한 편지를

오늘 저녁, 차 한 잔을 준비하고 조용한 곳에 앉아 종이 한 장을 꺼내보게. 아니면 노트북을 켜도 좋네. 그리고 자기 자신에게 편지를 써보게. 과거의 나에게 쓰는 편지도 좋고, 미래의 나에게 보내는 편지도 좋네. 지금 당장 떠오르는 감정을 솔직하게 적어 내려가보게나.

혹시 망설여지는가? 그렇다면 이렇게 시작해보게.

"요즘 참 애쓰고 있네…."

"너무 힘들진 않은가? 너무 바쁘게만 살고 있진 않은가?"

"나는 지금 어디로 가고 있는 걸까?"

이렇게 한 문장만 적어도 좋네. 처음엔 어색할 수도 있겠지만, 한 번 쓰기 시작하면 손이 저절로 움직이기 시작할 걸세. 그리고 그 편지를 다 썼다면, 당장 찢어버리지 말고 몇 달쯤 후에 다시 읽어보게. 그때의 내가 지금의 나에게 어떤 이야기를 건넸는지, 그리고 나는 지금 얼마나 달라졌는지 확인해보게. 분명 놀라운 깨달음을 얻을 것이네.

영혼의 채움을 위한 디지털 디톡스

헤르만 헤세는 "무엇보다 불행한 사람은 어디를 가나 낯설게 느끼고 지독한 정신적 부담을 느끼는 사람이다"라고 말했다네. 여행자가 갖추어야 할 가장 중요한 덕목은 외부 환경에 대한 재빠른 적응력이지만, 그보다 더 중요한 것은 높은 차원의 사고방식이네. 낯선 환경을 친근하게 느끼지 못하고, 잠시 스쳐간 곳에 대한 향수를 갖지 못하는 사람은 내면 깊숙한 곳에 무엇인가 결여되어 있는 것이 아닐까.

이 말처럼 현대인들은 점점 자연과 멀어지고 있어. 낯선 곳에 가기를 두려워하고, 자연과 마주하면 어찌할 바를 모르는 사람들이 늘어나고 있다네. 자연 앞에서 모든 감각을 열고 우주와 합일하는 경험을 해야 함에도 불구하고, 마치 난해한 암호문 같은 수학 시험지를 받아든 학생처럼, 자연이 오히려 낯설고 두렵기까지 하지. 어쩌면 내면의 결핍을 들키고 싶지 않아서일지도 모르겠네.

특히 요즘 청소년들은 더욱 심각한 수준이야. 한 지인이 얼마 전 가족과 1박 2일 시골여행을 다녀왔는데, 중학생 딸아이가 길을 갈 때도 밥을 먹을 때도 손에서 스마트폰을 놓지 않고 있었다고 하네. "저 나무 좀 봐라, 저 강물 소리 좀 들어봐라." 하고 부모가 아무리 말을 해도, 아이는 보는 척만 할 뿐 정작 마음은 스마트폰 속에 가 있었지. 아이에게 억지로 스마트폰을 내려놓게 할 수는 없으니, 참다못한 부모가 결국 화를 내버렸고, 그렇게 모처럼의 여행이 불편한 기억으로 남았다고 하네.

점점 더 첨단 기기의 독소Toxin에 의해 심신이 피폐해지고 있네. 그래서 요즘에는 일부러 전자파도 터지지 않고 TV도 없는 곳을 찾아 떠나는 사람들이 많아졌어. 바로 '디지털 디톡스'를 실천하기 위해서지. 잠시라도 디지털 세상과 단절되면 사람들의 반응은 크게 두 가지로 나뉘더군.

디지털 디톡스를 경험하는 두 부류

첫 번째 부류는 자연 속에서 오래간만에 자아와 대화를 나누고 돌아오는 사람들이네. 오랜만에 자신과 마주하고 삶을 돌아보며, 작은 것에서도 소중함을 찾게 되는 것이지. 이렇게 내면과 접속한 사람들은 다시 일상으로 돌아가도 감사와 행복을 더욱 많이 느낀다고 하더군.

반면 두 번째 부류는 금단 증상에 시달리는 사람들이네. 스마트폰이 없으면 불안해지고, 언제 집으로 돌아갈 수 있을지 시계만 쳐다보지. 특히 청소년들은 디지털 의존도가 심해서 후자에 속하는 경우가 많네. 하지만 시간이 길어지면 마음을 내려놓고 자연과 친해지는 경우도 많아지지. 처음에는 어색해하던 아이들도 결국 맨발로 강가를 걸으며 웃기도 하고, 해가 지는 모습을 보며 감탄하는 순간이 찾아오는 법이네.

한 지인은 다음 여행을 계획하면서 아이와 작은 규칙을 정해 보기로 했다더군. 스마트폰을 완전히 금지하면 반발만 커질 테니 사용하는 시간을 정하거나 숙소에서만 사용하도록 했다고 하네.

▮ 디지털 디톡스, 왜 필요한가

여름방학을 맞아 집에 있는 시간이 많아지면 아이들의 디지털 중독이 심해질 가능성이 크네. 특히 스마트폰과 SNS는 끝없는 자극을 주며 우리의 주의력을 산만하게 만들고, 결국 깊이 있는 생각을 하지 못하도록 방해하지.

현대 사회는 정보 과잉 시대네. 넘쳐나는 뉴스, SNS 피드, 유튜브 영상이 우리를 끊임없이 자극하고 있지만, 정작 우리는 그 정보들을 소화할 여유가 없네. 그저 빠르게 소비하고 넘겨버릴 뿐, 내 안에서 소화되고 숙성되는 시간이 없지. 그래서 우리는 점점 더 공허해지고, 무언가 결여된 것 같은 기분에 시달리게 되는 것이네.

▌디지털 디톡스를 실천하는 방법

꼭 시골로 떠나지 않더라도 도심에서 디지털 디톡스를 실천할 수 있는 방법은 많네. 하루만이라도 스마트폰과 인터넷을 멀리하고, 아날로그적인 삶을 경험해보는 것이지.

1. 북카페나 도서관에서 조용한 시간 보내기

북적이는 카페 대신 책 향기가 가득한 북카페에서 조용히 독서를 해보게. 아니면 도서관에 가서 책 한 권을 잡고 깊이 몰입해 보게. 한때는 익숙했던 독서의 즐거움을 다시 찾을 수 있을 걸세.

2. 헌책방을 찾아보기

헌책방은 단순히 책을 사는 곳이 아니라, 과거와 현재가 만나는 곳이네. 누군가가 밑줄을 그었던 책을 펼쳐 보며, 그 사람이 어떤 생각을 했을지 상상해보는 것도 재미있지 않겠나.

3. 자연 속에서 걷기

아침 일찍 가까운 산을 찾아보게. 스마트폰을 가방 깊숙이 넣어두고, 오로지 주변의 나무와 바람 소리에 집중해보게. 자연은 우리에게 깊은 휴식을 주네.

4. 손으로 하는 활동 즐기기

디지털 기기를 멀리하는 대신 손으로 무언가를 해보는 것도 좋네. 일기 쓰기, 그림 그리기, 요리하기, 뜨개질하기…. 손을 움직이며 무언가를 창조하는 활동은 뇌를 편안하게 만들어주네.

5. 대화의 시간을 늘리기

가족과 함께하는 식사 시간에 스마트폰을 치우고, 오랜만에 진지한 대화를 나눠보게. 서로의 하루를 묻고, 감정을 공유하는 것만으로도 우리는 큰 위안을 얻을 수 있네.

▌디지털에서 벗어나 영혼을 채우는 시간

우리는 늘 바쁘게 살면서도, 정작 중요한 것은 놓치고 살아가는 경우가 많네. 디지털 기기와 인터넷은 편리한 도구이지만, 우리가 그것에 너무 익숙해져버린 나머지, 자신의 내면을 들여다볼 시간조차 잃어버린 것이 아닌가 싶네.

디지털 디톡스는 단순히 스마트폰과 인터넷을 멀리하는 것이 아니라, 내면의 소리에 귀 기울이고, 스스로를 채워가는 시간이네. 우리가 관심을 가지는 것만큼, 자신의 내면에도 관심을 기울일 필요가 있네.

바쁜 삶 속에서 잃어버린 것들을 되찾고, 자신만의 중심을 찾아가는 것. 그것이야말로 진정한 '디지털 디톡스'가 아닐까. 잠시라도 디지털 세상에서 벗어나, 영혼이 따라올 수 있는 시간을 마련해보게. 그래야 이 복잡한 세상 속에서도 휘둘리지 않고, 자기 자신을 잃지 않을 수 있을 걸세.

짜증을
다스리는 방법,
36계 줄행랑

분노와 짜증의 차이

짜증은 '분노'와 비슷해 보이지만 전혀 다른 감정이라네. 분노는 대부분 억울한 상황이나 부당한 대우를 받을 때 발생하지. 누군가 내 자존심을 건드리거나, 정의롭지 못한 상황에서 밀려났을 때 우리는 '분노'라는 감정을 느끼고, 그 감정은 때로는 세상을 바꾸는 힘이 되기도 해. 하지만 짜증은 그런 명확한 이유도 목표도 없어. 그냥 순간적으로 올라오는 감정일 뿐이라네.

짜증의 원인은 대부분 외부 환경에 대한 불쾌감에서 비롯되네. 특히 더운 여름철엔 높은 기온과 습도가 우리 몸을 불쾌하게 만들고, 그런 신체적 불쾌감이 짜증으로 이어지지. 길에서 부딪힌 사람, 새치기하는 사람, 길을 막고 서 있는 자동차, 시끄러운 음악 소리…. 평소라면 그냥 지나칠 일들도, 불쾌지수가 높아지는 날엔 쉽게 짜증을 불러일으키게 된다네.

문제는 짜증이 분노보다 더 해롭다는 점이야. 분노는 적어도 문제 해결이라는 목표라도 있지만, 짜증은 그저 감정적으로 '욱' 하는 것뿐이거든. 게다가 짜증은 그 에너지를 제멋대로 표출하면서 주변 사람들에게까지 영향을 미치네. 사소한 말 한마디에 감정이 격해지고, 그것이 다시 다른 사람에게 퍼지는 식으로 악순환이 발생하는 거라네.

▌짜증을 다스리는 방법

그렇다면 우리는 짜증과 어떻게 싸워야 할까? 아니, 맞서 싸우는 것이 아니라 그냥 '피하는 것'이 최선의 전략이라네. 가장 좋은 방법은 중국 손자가 정리한 병법 중 가장 유명한 36계 중 마지막 작전, 바로 줄행랑이야. 맞서 싸우지 말고 그냥 도망가라는 거라네.

짜증이 날 때 가장 좋은 해결책은 그 자리에서 벗어나는 거야. 짜증을 유발하는 환경에서 물러나면 마치 뜨거운 밥솥 뚜껑을 열어 김이 빠지듯 감정도 서서히 가라앉기 마련이네. 그 순간을 견디면 조금 전까지 욱했던 감정이 한없이 사소하게 느껴질 수도 있다네.

▌짜증이 밀려올 때 행동 강령

1. 일단 그 자리에서 멀어지기

짜증을 유발하는 원인이 있는 곳에서 물러나는 것이 최선의 방법이네. 상대방의 말이나 행동이 짜증을 불러일으킨다면, 잠시 그 대화를 중단하고 자리를 피하는 게 좋아. 주차장에서 짜증이 날 것 같다면, 잠시 차 안에서 깊은 숨을 들이쉬고 내쉬면 좀 나아질 수도 있지.

2. 시원한 물 한잔을 마시기

짜증이 올라올 때 차가운 물을 한잔 마셔보는 것도 효과적인 방법이네. 체온이 상승하면 짜증이 쉽게 치솟는데, 차가운 물을 마시면 몸이 자연스럽게 이완되면서 짜증도 누그러지거든. 물을 마시는 행위 자체가 우리의 몸과 마음을 차분하게 만들기도 한다네.

3. 호흡을 가다듬고 몸을 이완시키기

짜증은 종종 신체적인 불편함에서 비롯되기도 하네. 그래서 몸을 편안한 자세로 만들면 짜증도 함께 가라앉는 경우가 많아.

짜증이 날 때는 자세를 바로 하고, 깊은 숨을 들이쉬면서 이완하는 연습을 해보게. 호흡을 천천히 길게 내뱉으면 감정이 정리되는 효과를 볼 수 있다네.

4. 이 짜증이 '그만한 가치가 있는가?' 생각해보기

짜증이 나는 순간, 한 걸음 물러서서 스스로에게 질문을 던져보는 것도 좋네. '이 순간 내가 이렇게 화를 낼 만큼 중요한 일인가?' 길에서 부딪힌 사람의 무례한 태도, 불쾌한 날씨, 깜빡하고 놓친 작은 실수…. 이런 것들이 정말 내 하루를 망칠 만큼 중요한 문제인지 되새겨보면, 그 답은 대부분 '아니'일 거야.

5. 스스로를 위로할 수 있는 작은 행동을 하기

짜증이 날 때 좋아하는 음악을 듣거나, 평소 보고 싶었던 영화를 보는 것도 감정 조절에 도움이 되네. 짜증이 밀려올 때마다 스스로를 달래는 방법을 찾아두면 훨씬 쉽게 이겨낼 수 있어. 따뜻한 차 한잔을 마시거나 바람이 부는 그늘에서 잠시 쉬어가는 것도 좋은 방법이라네.

짜증은 흘려보내는 것이 답이다

짜증을 조절하는 가장 좋은 방법은 짜증에 휘둘리지 않는 거네. 짜증이 날 만한 환경은 어디에나 있지만 짜증을 느끼고 반응하는 것은 결국 나 자신이지. 감정에 휩쓸려 무작정 화를 내기보다는 한 발 물러서서 그 감정을 흘려보내는 연습을 해보게.

짜증을 참지 못하고 폭발시키면 결국 자신만 손해를 보게 돼. 주변 사람들과의 관계도 나빠지고, 에너지만 낭비할 뿐이지. 하지만 짜증을 슬기롭게 다스릴 수 있다면, 올여름이 훨씬 더 유쾌하고 평온하게 지나갈 거야.

그러니 짜증이 날 땐 잠시 한 걸음 물러서서, 나에게 스스로 물어보게. "이게 정말 그렇게 중요한 문제인가?" 그리고 한 템포 쉬어가보자. 결국, 짜증은 마음속에서 스스로 만들어낸 감정일 뿐이니까.

가족의
아름다운
응원

12월이 오면 어떤 기분이 드는가? 한 해가 마무리된다는 설렘과 기대감이 앞서는가, 아니면 아쉬움과 회한이 더 크게 다가오는가? 젊었을 때는 '드디어 연말이구나!' 하고 신이 났을 테지만, 나이가 들수록 12월은 묘한 감정을 불러일으키는 법이지. 이루지 못한 것들에 대한 아쉬움과 또 한 해가 이렇게 흘러가는구나 하는 묵직한 감정이 스며든다네.

하지만 그렇게 아쉬워할 필요가 없어. 올 한 해, 가족이 큰 탈 없이 함께 살아왔다는 것만으로도 얼마나 감사한 일인가? 생각해보게나. 큰아들은 직장에서 묵묵히 제 몫을 다하며 땀 흘리고, 둘째 딸은 취업을 위해 분투하고, 막내는 밤늦도록 도서관에서 공부하느라 애쓰고 있지 않은가? 그리고 이 모든 걸 묵묵히 지켜보며 가정을 든든하게 지켜온 아내도 있지.

한 해를 돌아보면, 가족에게 바라는 것도, 가족이 나에게 바라는 것도 그리 거창한 것이 아니야. '서로 잘 있어줘서 고맙다.'는 것, '별 탈 없이 이 한 해를 잘 버텨줬다.'는 것, 그 소박한 응원이야말로 가장 아름다운 연말 인사가 아닐까?

그러니 12월을 쓸쓸하게만 느낄 필요는 없네. 올해가 어떤 의미였든간에 가족들이 제자리에서 묵묵히 생활하고 있는 것만으로도 충분히 고마워할 일일세. 이 점을 잊지 않는다면, '송구送舊'라는 말이 조금 덜 아쉽고, 덜 서운하지 않겠나.

가족과 함께 보내는 따뜻한 연말을 위해

한 해를 마무리하는 12월, 가족과 더 가까워질 수 있는 기회를 만들게. 1년을 되돌아보며 서로를 응원하고, 감사를 전할 수 있는 시간을 마련하는 것이지. 꼭 해볼 만한 일들을 몇 가지 추천하겠네.

1. '패밀리 컬처'를 만들기

연말을 보내는 우리 가족만의 문화를 만들어보게나. 예를 들면 12월 마지막 주 토요일에 '진실을 말하는 촛불의 시간'을 가져보는 건 어떤가? 가족끼리 모여 한 해 동안 가장 기억에 남았던 순간을 이야기하거나, 서로에 대한 감사를 표현하는 시간이 될 걸세. 아니면 우리 집만의 망년회를 열어 장기자랑을 해도 재미있겠지.

가족 퀴즈 대회를 열어보는 것도 좋네. 예를 들면 "둘째 서현이가 가장 좋아하는 친구 이름은?" 또는 "엄마 아빠가 처음 뽀뽀한 곳은 어디였을까?" 같은 질문을 던지는 거야. 이런 놀이를 통해 서로를 더 깊이 이해할 수도 있지 않겠나?

2. 가족에게 편지 쓰기

가족끼리는 참 묘한 사이라네. 가장 사랑하는 사람들이지만, 오히려 직접적인 감정 표현을 하기엔 어색할 때가 많지. "사랑해, 고마워." 같은 말 한마디가 그렇게 쑥스럽다네. 그렇다면 편지를 써보게.

편지는 그리 길 필요도 없네. 짧은 몇 줄이라도 진심을 담아 적어보게. "아버지, 올해도 건강하게 계셔주셔서 감사합니다." "여보, 언제나 묵묵히 가족을 위해 애써줘서 고마워요." 이렇게 한 장씩만 써도 서로의 마음이 따뜻해질 걸세.

3. 가족과 함께 대청소하기

새해를 맞이하기 전에 집을 대청소하는 것도 좋은 방법이라네. 그냥 혼자서 하지 말고, 가족들과 함께 하면 더 의미 있겠지. 먼지를 털고 낡은 물건을 정리하면서 지난 한 해를 되돌아보는 것이지. 한 해 동안의 흔적을 정리하면서 추억을 되새기고, 서운했던 감정도 말끔히 씻어내는 기회가 될 걸세.

4. 아내에게, 어머니에게 따뜻한 한 끼를 대접하기

집안일을 도맡아온 아내나 어머니에게 따뜻한 식사를 대접하는 것도 좋은 연말 이벤트가 될 수 있다네. 말로는 늘 "고맙다." 하면서도 실제로 표현하지 않으면 소용없다네. 직접 식사를 준비하기 어렵다면, 가족들과 함께 외식을 하며 마음을 전하는 것도 좋지 않겠나? "올 한 해 정말 수고 많았어요." 이 한마디면 충분하다네.

5. 짧은 힐링 여행을 다녀오기

꼭 해외여행이 아니어도 괜찮네. 가까운 곳이라도 가족들과 함께 1박 2일 짧은 여행을 떠나보게. 설악산에 올라 겨울 산의 정취를 느껴보거나, 제주도의 올레길을 걸어보는 것도 좋네. 아니면 가족끼리 다 함께 낚시 여행을 떠나는 것도 재미있겠지. 여행이란 원래 마음을 열고, 서로를 이해하는 데 도움이 되는 법이네.

가족과 함께하는 12월이야말로 가장 따뜻한 마무리일세. 연말이 되면 우리는 늘 "아, 한 해가 또 이렇게 가는구나…" 하고 아쉬워하지. 하지만 사실 가장 중요한 것은 한 해를 어떻게 보냈느

냐보다도 한 해를 어떻게 '마무리'하느냐일세. 서로에게 고마움을 표현하고, 응원하며 따뜻한 시간을 보낼 수 있다면, 그보다 더 아름다운 연말이 어디 있겠나?

올해가 어떠했든 간에, 12월만큼은 가족과 함께, 감사하는 마음으로, 따뜻하게 보내게. 한 해를 보내는 가장 아름다운 응원은 다름 아닌 '가족'에게서 비롯되는 것임을 기억하며 말일세.

작심삼일,
뭐 어떻습니까?
또 하면 되죠

달력이 한 장씩 넘어가 마침내 다시 '1월'로 돌아온 걸 보면, 시간이라는 게 단순히 직선으로만 흐르는 건 아닌 듯하네. 물리학자들은 곡선이니 뭐니 설명을 붙이겠지만, 어쨌든 우리에게 새해란 '다시 시작할 수 있는 기회'일세.

누구나 각자의 계획을 세우지 않는가? 건강을 위해 아침 운동을 결심하기도 하고, 체중 감량이나 금연을 목표로 잡기도 하고, 또 어떤 이는 자기 계발을 위해 새로운 공부를 시작하기도 하지. 한 해의 출발점에서 우리는 누구나 '올해는 꼭!' 하고 다짐하네.

그런데 이런 결심들은 종종 '작심삼일作心三日'로 끝나고 마네. 처음에는 의지가 충만하다가도 며칠 지나면 이런저런 핑계가 생기고, 결국 흐지부지되어버리는 일이 많지. 한 번쯤은 다들 경험해봤을 걸세.

▮ 작심삼일은 정상적인 뇌의 반응일세

'작심삼일'을 의지 부족 탓으로만 돌리지는 말게. 이건 우리 뇌가 건강하게 작동하고 있다는 증거라네.

금연을 결심한 사람이 있다고 치세. 신피질(이성적이고 목표지향적인 뇌)은 "건강을 위해 끊어야 한다!"고 외치지만, 변연계(본능적이고 감정적인 뇌)는 "담배 한 모금만 피우자, 그게 뭐 어때서?" 하고 유혹하지.

처음 며칠 동안은 신피질이 변연계를 눌러 이겨낼 수 있지. 하지만 뇌가 스트레스와 싸울 수 있는 시간이 한정되어 있다는 걸 아는가? 보통 3일 정도가 지나면 뇌의 방어 호르몬인 아드레날린과 코르티솔의 작용이 약해지면서 신피질이 서서히 무너지기 시작하지. 결국 변연계가 승리를 거두며, "한 번쯤은 괜찮아!" 하며 다시 원래대로 돌아가고 마네.

그러니 새해 결심이 3일을 넘기지 못했다고 너무 자책할 필요는 없네. 이건 단순한 의지박약의 문제가 아니라, 우리 뇌의 자연스러운 생리적 반응이라네.

▮ 실패했으면? 다시 하면 되네

작심삼일이 문제가 아니네. 진짜 문제는 작심삼일을 핑계로 다시 도전하지 않는 것이지. 금연이든, 운동이든, 새로운 공부든 한 번 실패했다고 완전히 포기해버릴 필요는 없네. 뇌가 작심삼일의 한계에 다다르면 잠시 쉬었다가 다시 시작하면 되는 거라네. 중요한 건 한 번의 실패로 '아, 난 안 되는구나' 하고 주저앉지 않는 것이야.

사실, 스트레스는 한 번 겪을 때보다 두 번째, 세 번째 겪을 때 더 견디기 쉬워진다네. 우리 뇌는 반복되는 상황에 적응하는 능력을 갖고 있거든. 그러니 한 번 실패했다고 낙심할 필요가 없네.

가장 좋은 방법은 체계적인 시스템을 마련하는 거라네. 예를 들어, 금연을 결심했다면 혼자서 끙끙대기보다 금연 프로그램의 도움을 받는 게 훨씬 효과적이지. 운동도 마찬가지야. 친구나 가족과 함께하면 지속 가능성이 훨씬 높아지지.

▮ 너무 독하게 마음먹지 말게나

너무 독하게 마음먹고 스스로를 조이면 오히려 쉽게 포기하게 된다네. 자기 자신에게 조금은 관대해지는 것도 필요해.

장기적으로 멀리 봐야 할 계획일수록 느긋하고 여유롭게 접근하게나. 너무 빡빡하게 목표를 세우고, 조금이라도 실패하면 '난 안 되는 놈이야' 하고 좌절하는 사람이 많다네. 하지만 그럴 필요 없지. 예를 들어 다이어트를 결심한 사람이 한 조각의 케이크를 먹었다고 모든 걸 포기해야 하겠나? '아, 오늘은 한 조각 먹었으니 내일부터 다시 조절하면 되지.' 이렇게 생각하면 되는 거라네. 문제는 실수 그 자체가 아니라, 실수했다고 모든 걸 포기해버리는 태도라네.

나는 이것을 '뇌 피로Brain Fatigue'라고 부르네. 너무 완벽을 기하려다가 오히려 지쳐버리고, 결국 포기해버리는 경우가 많거든. 그러니 조금은 유연하게, 그리고 장기적으로 목표를 잡아보게나.

목표가 한 번 틀어졌다고? 뭐, 어때. 다시 하면 되지. 한 번 넘어졌다고? 괜찮네, 다시 일어서면 되네. 중요한 건 포기하지 않는 것이지.

"수십 번 도전하다 보면 언젠가는 해내겠지."

이런 마음으로 도전하는 한, 반드시 목표를 이룰 걸세.

인디언이 기우제를 지내면 반드시 비가 온다. 비결? 올 때까지 계속 하는 것.

대한민국의
가장 뛰어난 가치,
공감력

공감력이 없는 사회는 위험하다

대한민국은 오래전부터 정이 깊은 민족이라 불렸지. 서로 돕고 나누고 함께 살아가는 것이 우리의 본성이네. 한 마을에서 누군가 어려운 일을 겪으면 온 동네가 나서서 도와주고, 배고픈 아이가 있으면 그냥 지나치지 못하는 마음이 우리에겐 있지. 이것이 바로 한국인의 가장 위대한 가치, 공감력이라네.

하지만 공감력이 없는 사람들도 있지. 우리는 가끔 뉴스에서 타인의 고통에 무감각한 사람들을 보게 되네. 이른바 사회적 사이코패스라 불리는 이들 말일세. 나만 잘 살면 돼 하는 마음으로 타인의 아픔이나 슬픔, 어려운 처지를 외면하고 자신의 영달만을 추구하는 이기적인 사람들이 바로 오늘날의 사이코패스적인 사람들이야. 이런 사람들이 많아질수록 사회는 점점 더 각박해지고 삭막해지지. 이기적인 마음으로 서로를 외면하고, 타인의 아픔에 무관심한 사회는 결코 건강할 수 없네. 그리고 그런 사회에서는 오늘의 피해자가 내일의 내가 될 수 있다는 걸 우리는 잘 알고 있지 않나.

앞으로 우리가 만들어야 할 사회

그래서 나는 생각한다네. 이제 우리는 공감력 있는 리더를 세워야 한다고.

미국의 심리학자 대니얼 골먼은 21세기의 리더에게 필요한 것은 새로운 스킬이 아니라, 공감하는 리더십이라고 했지. 이제는 공감하는 사람이 존경받고, 공감하는 사람이 인정받아야 하는 시대라네.

기업에서도 단순히 성과만이 아니라, 소통과 교감을 얼마나 잘하는지를 평가하는 시대가 왔네. 그만큼 사회가 변하고 있다는 뜻이네. 이제는 나 혼자 잘 사는 것이 아니라 다 함께 살아가는 것이 중요해지는 시대라네.

나는 대한민국이 공감력으로 가장 강한 나라가 될 수 있다고 믿네. 왜냐하면 우리는 이미 그러한 문화와 정신을 가지고 있으니 말일세. 문제는 이제 그 공감력을 사회적으로 더 발전시키고, 공감력 있는 사람들이 리더가 될 수 있도록 하는 것이지.

공감력을 키우기 위한 우리의 노력

첫째, 타인의 아픔을 외면하지 말기.

우리는 뉴스에서 쉽게 타인의 불행을 접하지. 하지만 그 불행을 나와 상관없는 일로 치부하지 말게. 그 불행이 내일 나의 것이 될 수도 있으니 말이야.

둘째, 경청하는 연습하기.

사람들은 저마다의 상처를 가지고 살아가네. 때로는 아무 말 없이 그들의 이야기를 들어주는 것만으로도 큰 힘이 될 수 있다네.

셋째, 작은 실천을 시작하기.

공감력은 거창한 것이 아니라네. 지하철에서 힘들어 보이는 사람에게 자리를 양보하는 것, 힘든 하루를 보낸 친구의 이야기를 들어주는 것, 실수한 사람을 따뜻하게 감싸주는 것. 이런 사소한 행동들이 결국 큰 변화를 만들어낸다네.

넷째, 공감하는 사람을 사회적으로 인정하는 문화를 만들기.

우리는 그동안 경쟁에서 살아남은 사람만을 우대하는 사회에서 살아왔지. 하지만 이제는 타인을 배려하고 함께 가는 사람들에게 더 많은 기회가 주어지는 사회가 되어야 한다네.

우리 스스로도 타인의 아픔을 자신의 일처럼 여기는 연습하기.

우리 사회가 더 나아지려면 개개인이 먼저 변화해야 하지 않겠나.

우리의 공감력이 더 넓게, 더 깊게 퍼져 나간다면 대한민국은 더 정의롭고 따뜻한 사회가 될 것이네. 나는 그 길을 우리가 함께 걸어갈 거라고 믿네.

사랑하는 나의 딸에게

딸아. 너에게 쓰는 첫 편지구나. 나는 가끔 내가 참 복이 많은 사람이라는 생각을 한다. 너는 정말 신기한 아이였어. 문제를 일으킨 적이 없었다. 오히려 걱정거리가 없다는 점이 문제라고 할 정도였지. 아비로서 한마디 잔소리를 하려 해도 그럴 필요가 없었다. 모든 일을 스스로 알아서 해냈으니.

너는 어릴 때부터 공부를 무척 열심히 했지. 때로는 지나치다 싶을 정도였다. 내가 바랐던 건, 스스로를 너무 혹사하지 않고 자기 속도로 공부하며 성장하는 것이었어. 하지만 너는 자신의 속도로, 자신의 규칙을 만들어 지키며 부모의 간섭 없이도 훌륭히 해냈다. 너의 이런 모습은 내가 믿고 고수했던 방목주의 교육 철학에 큰 힘을 실어줬다. 나는 아이들이 넓은 들판에서 뛰어 놀듯 자유롭게 배우고 성장해야 한다고 믿었다. 그래서 울타리 안에 가둬두지 않고, 드넓은 인생 광장에 스스로 제 갈 길을 선택하게끔 했다. 이런 환경 속에서 너는 자기 역할을 충실히 해냈고, 나는 그런 너의 모습에서 큰 안도와 기쁨을 느꼈단다.

우리 집안은 유교적 전통이 깊은 가문이다. 비록 넉넉한 집안은 아니었지만, 예부터 교육을 중요시했다. 나와 네 엄마, 그리고 양가 모두 아이들의 성장을 위해 헌신적이었다. 이런 가풍 속에서 자란 너는 올곧게 성장했다. 너는 어린 시절부터 지금까지, 내가 기대했던 것 이상으로 잘 자라주었다. 나는 네게 바라는 것이 하나밖에 없었어. 어릴 때부터 바른 세계관과 가치관을 가지고 인간다운 인간으로 자라길 바랐고, 그 기대를 저버리지 않은 너에게 항상 감사한 마음을 가지고 있다.

요즘 나는 중년 세대에 관한 책을 쓰고 있단다. 오늘 아침, 내 책상 위의 원고를 발견한 네가 "아버지, 이게 제 이야기 같아요." 라고 말했을 때, 순간 놀랐다. 나에게 딸은 여전히 학교 다닐 때 책가방을 메고 덜렁대던 모습 그대로인데, 어느새 환갑을 앞둔 나이에 접어들었다니. 시간의 흐름이 새삼스럽게 느껴졌다.

그래, 아버지는 어느새 중년이 된 내 아들, 딸에게 들려주고 싶은 이야기들을 정성 들여 쓰는 중이란다. 지금의 5060세대는 한국을 일으킨 산업사회의 주역들이야. 정작 사회로부터는 배려나 관심을 받지 못하고 있지. 그들이 이제 주역의 자리에서 서서히 물러나야 할 시점에서, 들려주고 싶은 이야기들을 기록하려고 해. 아버지가 너희들에게 해줄 수 있는 가장 의미 있는 일이라 생각하기에.

나는 요즘 너에게 참으로 미안하다. 얼마 전 엄마를 떠나보낸 너의 마음은 여전히 슬플 터인데, 그 슬픔을 돌볼 여유도 없이, 대전과 서울을 오가며 90이 된 나를 돌보고 있다. 한 주의 절반은 서울에서 나와 함께 시간을 보내고, 나머지 시간은 대전에서 네가 운영하는 연구소와 집을 돌본다. 그 바쁜 일정 속에서도 한 번도 투정을 부리지 않고 묵묵히 책임을 다하는 너의 모습에 미안함과 감사함이 교차한다. 네가 이렇게까지 헌신적으로 가족을 챙기는 모습에, 한없이 고마우면서도 미안하구나. 행여 너의 고단함이 건강을 해치지 않을까 걱정되는 마음도 접을 수가 없어.

딸아,

아버지는 여전히 서툴고 무뚝뚝하지만,

이렇게라도 고맙다는 말을 전하고 싶다.

네 엄마가 떠난 세상은 너무나 낯설고 허전하다.
네가 있어 내가 잘 버틴다.

늘 고맙다.

아버지가.

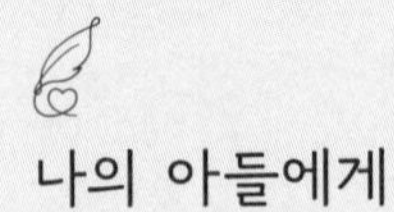

나의 아들에게

이 글은 내 아들에게 쓰는 첫 편지다. 돌이켜보면 아들과 마주 앉아 인생에 대한 깊은 이야기를 나눈 적이 없었던 것 같아 미안하구나. 특별히 걱정을 끼친 적도 없고, 대인관계도 좋았고, 머리도 좋아 전국 대회에서 몇 번 상도 타왔으니, 나는 아들이 스스로 알아서 잘하리라 믿고 걱정을 하지 않았다.

하지만 고등학교 3학년 때 처음으로 문제가 생겼던 거 기억나니? 그 당시 고등학교 3학년 학생들은 정규 수업이 끝나면 저녁을 먹고 다시 학교로 돌아가 자습하는 것이 일반적이었어. 하지만 너는 정규 수업이 끝난 뒤 반드시 게임방에 들렀다는데, 나는 그 사실을 전혀 몰랐지. 그곳에서 두세 시간을 보내며 게임을 했고, 심지어 게임 기계가 고장 나면 주인이 아들을 불러 고쳐 달라고 했을 정도로 게임에 능숙했다는 사실을 나중에야 알았어. 네 엄마가 이 사실을 알게 되었고, 몇 번 타일러도 소용이 없자 나에게 도움을 요청해서 뒤늦게 알았지.

내가 타일렀지만 너의 습관은 고쳐지지 않았어. 나는 다시 너와 마주 앉아, 대학에서 무슨 전공을 하고 싶냐고 물었지. '파괴학'을 하고 싶다고 대답하더구나. 건축물을 철거하는 일종의 건축공학을 전공하겠다는 거야. 그러나 우리나라에는 파괴학을 하는 대학이 없으니 일단 건축학과에 진학하겠다는 말뿐, 그 후에도 공부보다는 게임을 더 열심히 하는 습관은 여전했지.

결국 나는 너를 불러 회초리를 들었어. 아비로서라기보다 정신과 의사로서, 나는 이 매질이 단순한 체벌이 아니라 치료의 일환이었다. 게임의 즐거움을 떠올릴 때 아버지에게 맞았던 고통스러운 기억이 떠오르도록 하는, 일종의 부정 자극 기법이었지. 그 뒤로 너는 게임방에 가는 것을 멈추고, 공부에 집중하기 시작하더군. 결국 너는 건축학과에 진학하게 되었지만 대학 입학 후에도 공부에는 큰 흥미를 보이지 않았었지.

그러던 어느 날, 네가 군에 입대하겠다는 거야. 이유는 학점 문제로 퇴학 위기에 처해 있다는 것. 군대에서 마음을 단단히 다잡고 돌아오겠다는 너의 결심을 듣고 나도 동의했다. 군 생활을 마친 후, 공부에도 열성을 내기 시작하는 것 같더구나. 나는 안심했지. 그러던 어느 날, 네가 진지하게 할 말이 있다는 거야.

"아버지, 이제 등록금 걱정을 하지 않아도 됩니다."

나는 올 게 왔구나 싶었어. 나도 침착하게 답했다.

"그래, 대학이 전부는 아니다. 다른 길을 찾아보자."

그런데 이게 웬일! 장학금을 받았다는 거야. 주임 교수에게 자신의 가능성을 증명하며 노력 끝에 학과를 옮기고, 장학금을 받을 만큼 열심히 했다는 것. 역시, 너는 자신의 방식으로 문제를 해결했다. 아버지에게 믿고 기다리면 된다는 것을 보여주었어.

나는 우리보다 가정형편이 더 어려운 학생들을 위해 장학금을 돌려주자고 했다. 그러나 학과 교수님이 "그다음 순위 학생은 이 교수님 댁보다 더 부자라 돌려줄 필요가 없다"라고 말했지. 결국 이 일은 웃음 섞인 해프닝으로 끝났지만 너를 지켜보는 나의 마음은 참 든든했단다. 돌이켜보면 내가 아들에게 회초리를 든 적은 단 한 번뿐이었다. 하지만 그 한 번이 너의 삶에 긍정적인 영향을 미친 게 아닌가, 하는 생각이 든다.

아들아. 너는 지금까지 자신만의 길을 잘 걸어가고 있다. 아버지는 그런 네가 늘 대견하고, 믿음직스러웠다. 한 번도 칭찬이란 걸 해본 적 없어 미안한 마음도 든다만…. 나 또한 내 아버지에게 들어본 적 없는 말이어서 입 밖에 꺼내지 않았을 뿐, 내 마음은 평생 한결같이 너를 믿었다. 아마도 너도 내 마음을 알고 있을 것이다.

아들아, 고맙다.

너는 지금까지 잘해왔고, 앞으로도 너만의 방식으로 잘 살아갈 거라 생각한다. 이것이 이 아버지가 너에게 하고 싶은 말의 전부다.

아버지는 영원한 너의 편이고, 너를 응원한다.

아버지가.

아버지께

아버지께 처음으로 편지를 씁니다.

감사합니다. 존경합니다.

지난주 박상미 교수님이 알려주신 아버지의 편지 얘기에 깜짝 놀랐습니다. 평생 처음 있는 일이어서요.

심리학자 시각에서 보면 저와 정아가 문제아가 되지 않은 게 신기할 겁니다. 평생 사랑한다는 비슷한 표현도 들어본 적 없고, 손 붙잡고 놀러 가본 적도 없고, 생일이나 각종 기념일 때 선물을 받아본 적도 없고, 아버지는 제가 뭘 하든 신경(?)도 안 쓰고 내버려두셨으니 말입니다.

지금까지 특히 저는 아버지께 “이렇게 해라. 저렇게 해라.” “공부 열심히 해라. 이번 성적은 어떠냐?” 혹은 “이런 사람이 되면 좋겠다.” “이런 삶이 좋은 것이고 훌륭한 것이다.” 등의 조언조차 한 번도 받지 못했으니 더더욱 문제아가 될 소질이 많았을 겁니다. 저를 돌아보면 나쁜 아이는 아니었다고 생각하지만, 좌충우돌하면서 36차선의 신작로를 좌우로, 때로는 후진도 하며 제멋대로 다니면서 흥미진진(?)하게 살아온 것 같습니다.

이제야 말씀드리지만, 그 세월 동안 지켜보면서 가슴 졸이고 계셨을 아버지께 큰 감사를 드립니다.

제가 30년 넘게 사업하면서 큰 성공을 이루지는 못했지만, 망해본 적도 없고 그냥저냥 사는 가운데, 사회적으로나 경제적으로 큰 성공을 이루시고 또 존경할 만한 분들과 과분하게도 친구(?)처럼 편하게 잘 지낼 수 있는 건 아버지의 무언의 교육 아닌 그 교육 때문이 아닐까 싶습니다.

어릴 때부터 공부를 비롯한 여러 면에서 아버지와 어머니께서는 다른 사람들과 저를 비교해 얘기하신 적이 없었습니다. 그래서 공부 잘하는 친구들에게 열등감을 느낀 적도 없었고, 운동이나 싸움 잘하는 친구들에게도 그랬습니다. 그런 점들이 쌓이면서 저만의 철학 아닌 철학(?)이 생긴 것도 같긴 합니다.

'세상에는 공부 잘하는 사람도 있고, 부자인 사람도 있고, 운동 잘하는 사람도 있지만, 한편에는 운동 못 하는 사람도 있는 게 당연하고 사람들의 생각조차도 다른 것이 당연하다.' 이렇게 사람들의 다양성을 알고 인정하면서 저만의 자존감이 생기기도 했습니다. 조금 거창하게 얘기하면 '사람들의 다양성을 인정해야 스스로의 자존감이 생긴다'라고 믿으며 살고 있는데, 이는 아버지가 어릴 때부터 남들과 비교하지 않고 마음 졸이면서도 지켜봐주신 것들이 쌓인 것이 아닌가 싶습니다.

기억하실지 모르겠지만 아버지가 경북의대 교수하실 때 경북의대에서 쓰는 하얀 종이가 탐이 나서 제가 좀 달라고 한 적이 있습니다. 그때 이 종이는 경북대에서 공적으로 쓰는 것이라면서, 제게 500원짜리 하나를 쥐어주셨습니다. 다른 훈화 없이 주신 500원의 의미가 지금까지도 제게 영향을 주고 있습니다.

말씀은 굳이 하지 않으셔도 행동으로 직접 보여주셨던 아버지, 감사합니다.

이 책 서두에 아버지께서 편지에 쓰신 회초리 사건에 대해서는 아쉬운(?) 마음이 있습니다. 저를 40년만 늦게 태어나게 해주셨으면 제가 지금의 페이커를 능가하는 프로 게이머가 되어 나라를 빛내고 효도도 제대로 하는 사람이 되어 있을 텐데요. 만약 이런 직업이 생긴다는 것을 그 당시에 알았다면 아버지가 제가 좋아하던 게임을 말리지도 않으셨을 텐데 말입니다. 시대를 잘못 태어나게 하신 점은 크게 아쉽습니다. 제가 완전 늦둥이로 태어났더라면 지금 페이커는 이인자가 되어 있을 텐데요.

여하튼 회초리 사건 이후에도 꾸준히 닦아온 제 여러 잡기 실력은 여러 방면에서 유용하게 잘 써먹고 있습니다. 사람도 사귀고 제 인생에 활력도 주고 말입니다. (스키를 비롯한 여러 저의 취미를 꾸준히 응원해주신 점도 감사드립니다.)

제 지인들이 제게 종종 하는 물음들이 있습니다.

예전에 많았던 것은 “왜 너는 의사 안 했어?”였습니다. 제 대답은 “의사 될 만큼 공부를 못했고 관심도 없었어.”라고 아주 당당하게, 요즘도 얘기합니다. “공부 잘해라.”라는 얘기도 하지 않으셨고, 제 직업에 대해 한 번도 강요하지 않으셨던 아버지가 계셨기에, 제가 좋아하는 걸 마음대로 하고 살았습니다. 제가 좋아하는 걸 하라고 응원을 보내주셔서 진심으로 감사합니다. (응원

보내신 거 맞죠?)

두 번째로 많은 질문이 "유명인(?)의 아들로 사는 것이 어렵지 않았냐?"입니다. 제 대답은 "좋기만 했다."였는데, 이는 그 사람들이 원하는 답이 아니었을 것 같긴 합니다. 사실 제가 사업하면서 혹은 모임에 나가면서 아버지의 유명세 덕을 많이 봤습니다. 이시형 박사의 아들이라는 크레디트가 더해져 신용 확보에 도움이 분명 되었을 것이고, 사람들 사귀는 데에도 분명 플러스가 되었을 겁니다. 이시형 박사의 아들로 사는 부담을 전혀 주지 않으신 아버지 또 감사드립니다.

또 많은 질문이 "아버지는 집에서는 어떠시냐?"는 것이었습니다. 제 대답은 "존경스럽다."였습니다. "매일 새벽에 일어나 책 읽고 글 쓰시면서 책과 방송에서 얘기하시는 그대로 살고 계신다."라고 지인들에게 얘기하곤 했었습니다.

요즘도 국민의사(?)의 책무를 다하시느라 고생 많으신 아버지, 언행일치 모습을 매일 보여주심에 감사드립니다. 그런 모습을 매일 보고 자랐으면서도 제대로 못 따라 하는 저이긴 하지만 그래도 "제게 제 인생을 잘 살고 있다."라고 얘기해주신 것도 감사합니다.

앞의 편지에 쓰셨던, 제 전공 교수님을 모시고 대학 졸업 한참 이후에 아버지와 같이 롯데 호텔 프랑스 식당에 갔던 기억도 납니다. 그때 당당하게 우리가 촌놈들이라 프랑스 음식을 어떻게 시켜야 할지 모르니 도와주면 좋겠다고 매니저에게 부탁하셨던 것 기억하실지 모르겠습니다. 도움을 요청받았던 매니저가 아버지 표현대로라면 촌놈들에게 신나서 계속 설명해주면서 서비스 요리까지 주었던 적이 있었는데 그 기억도 선명합니다. 그때 '모르는 것을 모른다고 하는 것이 창피한 것이 아니구나.'라고 생각했었는데 아버지도 진짜 모르셨던 건지는 지금도 궁금하긴 합니다.

요즘도 저 나름대로는 저를 자기 객관화시켜 바라보려고 하고, 사람들에게도 그런 저를 얘기하며 가식 없이 살려고 나름 노력하는 것도 그때의 기억이 강렬해서일지도 모르겠습니다. 모르면 모른다고 할 줄 아는 나름의 능력이 그때 생긴 것도 같습니다.

예전에 아버지를 김포공항에서 집으로 모시고 올 때 신호위반으로 걸려 제가 경찰관과 30분 이상을 설득과 말싸움을 한 적이 있었는데 기억하실지 모르겠습니다. 조수석에 앉아 한마디도 거들지 않으시고 누구의 편도 들어주지 않으시면서 30분 이상을 그냥 지켜만 보시던 아버지. 딱지 끊고 그냥 가자고도 하지 않으시고, 내 편을 들어주지도 경찰관을 설득도 같이 안 해주시면서 그 긴 시간을 정말 그냥 지켜만 보셨습니다.

운 좋게(?) 제가 그 경찰을 설득해 교통 티켓을 끊지 않고 출발할 때 아버지가 딱 한마디 하셨습니다. "글마 그기 니가 배운 놈인지 우예 알았노? 니 면허증에는 대졸이라 쓰있나?" 아, 두 마디군요. 잘했다는 얘기도 없이 무심하게 딱 두 마디 하셨더랬습니다. 아들 이놈이 어떻게 하는지 지켜보자 하는 심정이셨겠지만 도로에서의 그 긴 30분을 어떻게 한마디 않으시고 지켜보실 수 있었는지? 좌충우돌하면서 살아온 아들의 인생도 어떻게 그렇게 묵묵히 지켜볼 수 있었는지 모르겠습니다.

아버지니까 가능했을 것 같습니다.

엄마가 살아 계셨으면 아버지와 제가 이렇게 편지를 주고받은 것을 신기해하면서 좋아하셨을 텐데…. 엄마가 그립습니다.

항상 내 편인 두 분, 평생 감사하며 살겠습니다.

2025년 4월

아들 재학 올림.

사랑하는 아버지께

아버지~

아빠~

아버지를 부르고 나니 아버지와의 향기와 추억이 새록새록 묻어 나오네요.

어릴 적 우리 집은 3대가 모여 사는 대가족이었죠. 삼촌들 사촌들까지 10여 명 정도가 시끌벅적 밥상에 둘러앉았어요. 실세 할머니의 진두지휘 아래 유난히 아버지 앞에 많이 놓여졌던 맛난 고기와 생선 반찬을 몰래 내 밥그릇 위에 올려주실 때는 금메달을 따는 기분이었어요. 아버지 나이스!

이불을 깔고 아버지와 레슬링했던 것, 아침마다 높은 언덕길에서 함께 걸어 내려와 등교했던 기억, 제가 아플 때 사오셨던 바나나의 달콤함과 아버지 품속에서 나오던 군고구마의 냄새…, 따뜻하고 정겹네요.

아버지는 참 특별한 분이셨어요. 지금도 그렇구요. 매일이 생일인데 왜 그 생일날을 챙기냐고, 아버지 당신 생일도 마다하시고. 그건 그렇다 치더라도 자식들 생일에도 생일 선물은커녕 축하 인사도 안 건네셨죠. 그런 아버지의 독특한 철학이 못내 섭섭하고 속상했어요.

그래서 저는 아버지에 대한 불평과 원하는 것들, 인색함을 적어 화장실 거울 앞에 붙여두었었죠. 훗날 아버지는 아침에 화장실 문을 여는 것이 무서웠다고 하셨어요. 아버지는 저의 협박성 편지를 보고 어떤 마음이셨을까요?

이 글을 쓰다 보니 중고등학교 사춘기 시절에 아버지께 썼던 편지가 떠오르네요. 저는 그 이후로 답장 없는 일방적인 편지 쓰기를 멈추었죠. 많은 세월이 흘러 아버지의 답장이자, 첫 편지를 환갑 나이에 받아봅니다. 그리고 마침내 저는 "정아 환갑을 축하한다. 오늘이 가장 젊은 날이라는 문구가 참 멋지다"라고 축하 인사를 받았어요. 아버지의 축하 인사에 눈시울이 붉어져 한참을 울었어요.

엄마가 떠난 세상. 이 세상은 엄마가 있는 세상과 없는 세상만 있는 줄 알았던 저는, 덩그러니 어린아이가 되어 내 편을 잃어버렸죠. 그리움의 감기는 너무나 깊고 깊어서 도통 나아지질 않아요. 마음속 받치던 기둥 하나가 툭 하고 떨어져 나가고 나니 상실감과 우울감, 슬픔이 밀려왔어요.

그런데 아버지의 생일 축하 인사를 받던 날, 내게는 아직 남은 기둥이 있지, 하고 아버지를 생각하게 되었어요. 엄마는 우리에게 "아버지는 산 같은 분이시다."라고 말씀하셨어요. 아버지는 저에게도 언제나 변함없이 그 자리를 지키고 우뚝 서 있는 거대한 산처럼 느껴졌어요.

환갑 여행을 하던 날, 때아닌 함박눈이 내렸는데 저는 아이처럼 신나게 눈을 굴려 커다란 눈사람을 만들었어요. 높은 코와 헝클어진 머리, 회색 눈썹을 만

들고 난 후 마지막으로 지팡이를 세워두었죠. 그 모습을 보면서 아버지가 떠올라서 제목을 '코쟁이 아부지와 지팡이'라고 붙였어요. 그러곤, 이제는 지팡이의 도움을 받으셔야 하는 아버지의 삶의 무게가 느껴져서 마음이 울컥했어요. 아버지가 거대한 산이었을 때 저는 아버지의 크고 밝은 태양 뒤에 숨어 있는 그림자였어요. 그 때의 저는 크게 잘나지도 못나지도 않은 평범한 모습으로 아버지 뒤에 숨어 있었어요.

그러다 결혼을 하게 되니 부부, 부모의 역할과 감정을 오롯이 마주하게 되었어요. 인생의 후반기가 되면서 제 속도대로 제 방향과 역할을 찾아 아버지 곁에서도, 때로는 아버지 앞에서도 아버지를 도울 수 있을 만큼 성장한 것 같아요.

'세로토닌 드럼클럽'의 자문위원 역할로 전국 곳곳을 방문했을 때예요. 마중 나온 학생 부모님의 경운기를 타고 깊은 산속으로 들어갔어요. '이런 곳에 중학교가 있어?'라고 의심하는 순간 들려오던 학생들의 북소리 울림을 지금도 기억해요. 아버지의 신념과 철학이 이렇게 전국 방방곡곡 퍼져서 학생들을 살려내고 힘나게 하는구나 싶어 사랑스러웠어요.

어릴 때는 나의 아버지보다는 사회적인 역할만 하시는 것 같아서 아버지를 이해하기 힘들었고 서운한 마음도 많았어요. 성인이 되어서야 아버지가 하시는 일들을 함께 도우면서 아버지의 마음을 이해하고 배우고 싶어졌어요.

이 편지를 쓰면서 돌이켜 보니 저 개인의 아버지로서도 충분한 사랑을 주셨다는 것을 느끼게 됩니다. 저를 믿어주시고 존중해 주셨던 아버지의 사랑으로 제 삶을 충실하게 살아올 수 있었어요.

"네 엄마가 떠난 세상은 너무나 낯설고 허전하다.
네가 있어 내가 잘 버틴다.
늘 고맙다."

아버지의 마지막 편지 문구가 저에게는 정말로 치유가 됩니다. 엄마가 떠나신 후 아버지의 마음은 어떠실까 궁금했었는데 아버지도 엄마 없는 세상을 버티고 계시는구나 싶어 큰 위로가 되어요. "아버지, 저와 같은 마음이어서 고맙습니다."

제 침실 앞에는 아버지가 그려주신 〈내가 함께인데 무엇이 두려우랴〉 그림이 있어요. 지치고 힘들 때 이 그림을 보면 힘이 부쩍 나요. 그리고 그 옆에는 엄마가 웃고 있는 사진이 있어요. 엄마는 저를 깊은 사랑으로 한없이 품어주신다는 것을 알기에 오늘 있었던 일과 저의 생각과 느낌을 사진 속 미소 짓는 엄마와 나누어요.

저는 아버지의 바람대로 남편, 아이들, 이웃 그리고 친구들과 소소한 정을 나누면서 풍요롭게 살아가고 있어요. 그리고 세상에 도움을 줄 수 있는 작은 일이라도 의미 있게 해내려고 궁리하고 노력하고 있어요.

아버지! 멀리 있어서 아버지를 가까이에서 더 잘 챙겨드리지 못해 죄송한 마음 또한 전합니다. 여행도 같이 가고 정원 벤치에 앉아 도란도란 얘기도 나누면서 우리 더 잘 지내요. 파이팅!

늘 제게 고맙다고 존경한다고 해주신 아버지의 믿음이 큰 버팀목이 되었어요. 아버지란 존재가 얼마나 크고 위대한지, 나이가 들어갈수록 더 깊이 느끼게 됩니다. 아버지의 버텨내는 힘, 비껴가는 여유로운 지혜를 배워가면서 겸허한 태도로 인생의 후반기를 더 잘 살아보겠습니다.

진심을 다해 사랑하고 존경합니다.

고귀하고 향기로운 인품과 늘 공손하게 받아주던 깊은 바다 같던 우리 엄마에게 얼른 자랑하고 싶어요. 아버지께 편지 받았다고. 그러면 환히 웃으면서 크게 기뻐하실 거예요.

2025년 4월

딸 재정 올림.

박사님께

어느덧 박사님 곁에서 함께한 지도 햇수로 꽤 되었습니다. 군 제대하고 어찌어찌하다 맡게 된 이 일이, 사실은 그리 오래가지는 않겠거니 생각했었습니다. 새로운 직장을 구할 준비가 덜 된 상태에서 일단은 잠시 머물 곳이라 여겼으니까요. 그런데 그 '잠시'가 벌써 몇 해를 훌쩍 넘겨 지금에 이르렀습니다.

솔직히 처음엔 박사님 같은 분을 가까이서 모신다는 게 부담스러웠습니다. 세상 많은 이들이 존경하는 분이고, 방송과 책으로만 봤던 어른이었기에 더 그랬죠. 그런데 막상 가까이서 수행하며 지켜본 박사님은, 저의 예상과는 사뭇 달랐습니다. 참으로 소박하시고 인간적인 정이 넘치는 분이셨습니다. 한 끼 식사도, 한 잔의 차도 허투루 넘기지 않으시고, 늘 주변 사람을 살피시는 모습에 많이 배우게 되었습니다. 부족한 저를 '직원'이 아닌 '가족'처럼 대해주신 것도 늘 감사한 마음으로 간직하고 있습니다.

이번 책 『아버지, 100년 인생을 어떻게 살아야 하나요?』의 원고를 타이핑하면서 그동안 느꼈던 것들과는 또 다른 감정이 밀려왔습니다. 그동안 박사님께서 써오신 책들과는 어조도 결도 많이 달랐지요. 중년을 살아가는 분들에게 보내는 인생 선배로서의 조언이었지만, 30대인 저에게도 깊은 울림이 있었습니다. 내가 사는 삶을 돌아보고, 앞으로 살아갈 방향을 다시 고민하게 만든 글들이 많았습니다. 박사님의 손글씨를 하나하나 옮기며, 저는 그냥 타자 치는 사람이 아니라 박사님의 말에 귀를 기울이는 제자처럼 앉아 있었던 셈입니다.

박사님은 참 신기한 분입니다. 연세를 생각하면 쉬고 계셔도 될 법한데, 오히려 저보다 더 진취적이고 부지런하게 움직이십니다. 새로운 분야에 대한 호기심이 대단하시고, 막연한 이론에만 의존하지 않으시고 꼭 사람들을 직접 만나 이야기 나누고, 현장을 경험하신 뒤에야 원고를 쓰십니다. 그 과정을 곁에서 지켜보며 '편한 일만 찾고 내가 잘하는 일만 하려 했던 나'를 반성

하게 되었습니다.

특히 책에 쓸 한 꼭지를 위해 낯선 곳의 사람을 만나러 기꺼이 먼 길을 마다 않고 떠나시는 모습을 볼 때면 '진짜 배움'이란 저런 것이겠구나 싶었습니다. 그런 점에서 박사님은 아직도 배우고 있는 사람이며 동시에 누구보다도 가르침을 주시는 분이셨습니다. 유명 인사들조차 박사님 앞에 서면 고개를 숙이고 존경을 표하는 모습을 보며 '진짜 어른'이란 어떤 사람인가를 늘 생각하게 됩니다.

박사님의 일거수일투족을 곁에서 지켜보는 직업이다 보니, 자연스레 박사님의 생활 습관이나 하루 루틴까지 따라 하게 되는 저 자신을 보며 웃음이 날 때도 있습니다. 그것들이 하나같이 좋은 습관들이니 제게는 무척 좋은 일입니다. 건강, 시간 관리, 식습관, 사람을 대하는 태도까지, 따로 책을 펴지 않으셔도 박사님의 삶 전체가 한 권의 인생 교과서 같습니다.

물론 제가 부족한 것이 많아 실수도 자주 했고, 지금도 완벽한 비서라 말하긴 어렵습니다. 그럼에도 꾸지람보다 늘 따뜻한 조언을 먼저 주셨고, 함께 하는 식사 자리에서조차도 제가 불편하지 않도록 늘 먼저 배려해주신 그 마음이, 제가 지금까지 이

자리를 지켜온 가장 큰 이유입니다.

박사님, 책 제목처럼 '100년 인생'이라면 아직도 할 일이 참 많으신 거겠지요. 제겐 아직도 박사님께 배워야 할 것도 많고, 들을 말씀도 무궁무진합니다. 박사님의 말씀을 가장 가까이서 듣고 기록하는 비서로 오래 남고 싶습니다.

이번 책을 준비하면서 다시 한번 깨달았습니다. 박사님과 함께한 이 시간이 제 인생에서 참으로 귀하고 고마운 시간이었음을요.

항상 건강하시고, 늘 지금처럼 활기찬 박사님이시기를 진심으로 바랍니다.

2025년 봄

제자이자 비서 신동윤 올림.

아버지,
100년 인생을
어떻게 살아야 하나요?

초판 1쇄 인쇄일 | 2025년 4월 23일
초판 1쇄 발행일 | 2025년 5월 8일

지은이 | 이시형
펴낸이 | 사태희
편 집 | 정미리 · 책임편집 | 박선규
디자인 | 김경미
마케팅 | 장민영
제 작 | 이승욱 이대성

펴낸곳 | (주)특별한서재
출판등록 | 제2018-000085호
주 소 | 08505 서울특별시 금천구 가산디지털2로 101 한라원앤원타워 B동 1503호
전 화 | 02-3273-7878
팩 스 | 0505-832-0042
e-mail | info@specialbooks.co.kr
ISBN | 979-11-6703-164-8 (03810)